儿童文学导读丛书

世界
著名寓言

韩进◎编著

SHIJIE ZHUMING
YUYAN

北京师范大学出版集团
BEIJING NORMAL UNIVERSITY PUBLISHING GROUP
安徽大学出版社

图书在版编目(CIP)数据

世界著名寓言/韩进编著. —合肥:安徽大学出版社,2012.5(2020.6 重印)
(儿童文学导读丛书)
ISBN 978-7-5664-0320-9

Ⅰ.①世… Ⅱ.①韩… Ⅲ.①儿童文学—寓言—作品集—世界 Ⅳ.①I18

中国版本图书馆 CIP 数据核字(2011)第 209789 号

世界著名寓言 **韩 进** 编著

出版发行:北京师范大学出版集团
安徽大学出版社
(安徽省合肥市肥西路 3 号 邮编 230039)
www.bnupg.com.cn
www.ahupress.com.cn
印　　刷:三河市聚河金源印刷有限公司
开　　本:185 mm×260 mm
印　　张:13.5
字　　数:175 千字
版　　次:2012 年 5 月第 1 版
印　　次:2020 年 6 月第 7 次印刷
定　　价:33.00 元
ISBN 978-7-5664-0320-9

策划编辑:钟　蕾　　**装帧设计**:李伯骥
责任编辑:李海妹　　**美术编辑**:李　军
责任印制:赵明炎

目 录

怎样品味儿童寓言

一、了解寓言的概念及其类型

寓言是一种隐含着明显讽喻意义的简短故事。“寓”的意思是寄托,“寓言”也就是寄托之言。寓言作者把要说明的某一事理或哲理寓于一个虚构的短小故事中,让读者自己去体会、领悟,从中获得教益。

“寓言”一词最早见于《庄子·寓言篇》:“寓言十九,借外论之。”《释文》解释“寓言十九”说:“寓,寄也。以人不信己,故托之他人,十言而九见信。”因而有人把“假托虚构人物的话”叫作“寓言”。但后人对寓言的理解极为宽泛,几乎一切有寓意的作品都曾被人称为“寓言”。而将寓言引入儿童文学领域,作为儿童读物,还是近代的事。有“中国编辑儿童读物的第一人”(茅盾语)之称的孙毓修,在1916年结集出版的《欧美小说丛谈》里有《寓言》一篇,其中写道:“Fable者,捉鱼虫草木鸟兽天然之物,而强之入世,以代表人类喜怒哀乐、纷纭静默、忠佞邪正之概。《国策》桃偶土人之互语,鹬蚌渔夫之得失,理足而喻显,事近而旨远,为Fable之正宗矣。译者取庄子寓言八九之意,名曰寓言;日本称为物语。此非深于哲学,老于人情,富于道德,工于辞章者,未易为也。自教育大兴,以此颇合于儿童之性,可使不懈而几于道，教科书遂采用之。高文典册，一变而为妇孺皆知之书矣。”除谈到寓言的特征及其成为儿童读物的情况外，孙毓修还特别介绍了伊索、拉·封丹、克雷洛夫等寓言大师及其作品。将寓言作为教科书，始于晚清，当时影响最大的是林纾翻译的伊索寓言。1917年，商务印书馆还出版了由茅盾编纂、孙毓修校对的四卷本《中国寓言》。据陈蒲清先生考证，这可能是关于中国古代寓言的最早选本，同时也确立了寓言在儿童文学中的地位。

上述引文中的“Fable”即是英文中与中国“寓言”意义最相近的词。Fable 源于拉丁文 Fabula，原指虚构的故事或描绘性的陈述，其现代的意义，则是指一种以散文体或诗体写的简短的故事，用以表达某种教训。它常常以动物为主人公，同比喻是不可分的，它同格言也关系密切，格言往往是浓缩的寓言。由此可见，中外对寓言这种文体的认识是基本一致的。所谓儿童寓言，就是指寓言中适合儿童阅读尤其是专为儿童编选或创作的那一部分。

寓言的分类依据不同的标准有不同的类型。从来源看，包括民间寓言和创作寓言两大类；从读者看，又有儿童寓言与一般寓言之分；从表现形式看，有散文体寓言与韵文体寓言：从篇幅看，有长篇寓言、短篇寓言与微型寓言；从内容看，有文学寓言、科学寓言与知识寓言；从功能看，又可以划分为哲理性寓言、劝诫性寓言和讽刺性寓言。还可以有其他分类法，但不论依据什么标准，将寓言分成多少类，都只不过是从某一方面为人们认识寓言提供方便，而且都只是一种表象化的初步认识。

二、弄清寓言的构成及其特征

世界寓言大师、法国诗人拉·封丹曾对寓言作过十分形象的描述：“一个寓言，可以分作身体与灵魂两部分，所述说的故事，好比身体，所给予人的教训，好比灵魂。”可见，寓言必须具备教训和故事两个方面，只有教训没有故事，不能构成寓言，至多是一种譬喻；反之，只有故事而没有教训，也不能成为寓言，不过只是一个故事而已。只有通过一个简短的故事说出一个明显的教训的，才是寓言。请看一则伊索寓言——

北风和太阳

北风和太阳争论谁的威力大。他们议定，谁能剥去行人的衣裳，就算谁胜利。北风开始猛烈地刮，行人把衣裳裹紧，北风就刮得更猛。后来，行人冷得厉害，又加了更多的衣裳。北风终于刮累了，就让位给太阳。太阳先温和地晒，行人脱掉了添加的衣裳；太阳越晒越猛，行人热得难受，就把衣裳脱光，跳到附近的河里洗澡去了。

这故事是说，说服往往比压服更有效。

这则寓言的第一自然段叙述了一个完整的故事——太阳和北风打赌及其结局，第二自然段作者明确点出了这则寓言的寓意。由此可以看出，“故事”与“寓意”是构成寓言必不可少的两个要素。

有的研究者将“故事”“寓意”与“寓示”称为“寓言三要素”[1]。所谓“寓示”是指寓言中“将故事引向寓意”的那部分议论文字。但在多数情况下，寓示性文字并不直接写出来，像寓意一样可以被省略，但这并不等于说寓言可以不要寓示。其实整个寓言故事处处都在暗示，竭力让读者轻而易举地发现其中的寓示。这种暗示就是寓示。这是寓言故事和非寓言故事的区别所在。正像寓言大师莱辛在《论寓言》中所说的：“教训从一则出色的寓言的各个部分一下子迸射出来。”按照这种说法，一则完整的寓言，其构成有故事、寓意与寓示三

① 参见薛贤荣《寓言学概论》，安徽少年儿童出版社，1991。

部分，它们之间的关系可以图示为：

以教训为目的的寓言与其他文学形式相比，具有如下四个方面的特征。

(一)假托故事，寄寓哲理

寓言总是借助于说故事的形式来表达作者的意图。寓言大师莱辛在《论寓言的本质》中说得好："要是我们把一句普遍的道德格言引回到一件特殊的事件上，把真实性赋予这个特殊事件，用这个事件写一个故事，从这个故事里大家可以形象地认识出这个普遍的道德格言，那么，这个虚构的故事便是一则寓言。"反过来说，一个小故事，如果其中没有寄寓一定的哲理，即使写得再生动有趣，也成不了寓言。所以，别林斯基称寓言为"哲理的诗"[①]，我国著名童话寓言家严文井说得更形象："寓言是一个怪物，当它朝你走过来的时候，分明是一个故事，生动活泼，而当它转身要走开的时候，却突然变成了一个哲理，严肃认真。"[②]

(二)明显的比喻性质

寓言既然是假托故事来寄寓哲理，那就要求这故事必须具有明显的譬喻性质，正是在这个意义上，黑格尔在《美学》中将寓言归纳为"比喻的艺术形式，自觉的象征表现"。用严文井的话说，寓言是"用巧妙的比喻做成"的[③]。伊索寓言里有一则家喻户晓的《狐狸与葡萄》，稍有动物常识的人都知道，狐狸是肉食动物，从来不会垂涎于葡萄，而寓言中却写成狐狸吃不到葡萄而说葡萄是酸的，这显然违反了

---

① 参见别林斯基《〈克雷洛夫寓言〉短评》。

② 参见《严文井童话寓言集》，人民文学出版社，1982。

③ 参见《严文井童话寓言集》，人民文学出版社，1982。

“物”性，但读者都乐于接受，其原因就因为寓言在本质上只是一种比喻、一种影射，它所追求的不是故事本身的真实性，而是将整个故事当作一个比喻，或以此喻彼、以古喻今，或以大喻小、以远喻近，借此体现某种教训和事理。

（三）篇幅短小，结构紧凑

寓言一般都很简洁、短小，是叙事性文学作品中最简短的一种，用“短小精悍”来形容是再恰当不过了。如有则名为《蛆虫》的小寓言，全篇只有四个字：“战争万岁！”寓言通常只有一个简单的故事，为了使读者能尽快体悟出故事中的寓意，就必须使寓言的结构尽可能的紧凑，有人物，但不作细致的刻画，有情节，但不展开，更没有详尽的叙述和繁琐的议论，以免分散了读者的注意力，削弱了寓言的教训或讽喻的力量。也有篇幅较长的，但与同样寓有教训或讽喻的童话或故事相比，结构总是较为简单，因为故事是单一的，并且是围绕着一个中心——作者所要表达的寓意来进行的。

（四）语言精练，极富表现力

要在短小的故事中蕴藏深刻而丰富的哲理，这对语言提出了极高的要求，必须运用像诗一样精练的语言来突出寓言的高度艺术概括力。事实上，像拉·封丹、克雷洛夫、米哈尔科夫等寓言大师也是用诗的形式来写寓言的，所以有一种说法，好的寓言是一首“哲理的诗”。寓言不能对故事的发展、人物的言行作过于细致的描写，叙述必须直截了当，描写必须简约鲜明，语言以简洁、明快见长。而在那些讽喻性寓言中，又要求语言具有幽默风趣的风格。尤其是揭示寓意的语言，更要精练准确，入木三分，一语中的。总之，寓言是语言的艺术，精练而极富表现力的语言才能使寓言像诗歌那样既给人类以艺术享受，又让人回味无穷。

三、怎样品味寓言的寓意

阅读寓言的过程就是通过分析故事去品味蕴藏在其中的寓意。不同的寓言有不同的寓意，但归纳起来，寓意的类型主要集中在三个方面：哲理、劝诫、讽刺。

（一）哲理

不论是别林斯基称寓言为“哲理的诗”，还是陀罗雪维支说“寓言是穿着外衣的真理”，都是就寓言的寓意所具有的哲理性而言的。我们来看一则现代寓言《小猴子下山》：

> 有一天，一只小猴子下山来，走到一块玉米地里。它看见玉米结得又大又多，非常高兴，就掰了一个，扛着往前走。
>
> 小猴子扛着玉米，走到一棵桃树下。它看见满树的桃子又大又红，非常高兴，就扔了玉米去摘桃子。
>
> 小猴子捧着两个桃子，走到一片西瓜地里。它看见满地的西瓜又大又圆，非常高兴，就扔了桃子去摘西瓜。
>
> 小猴子抱着一个大西瓜往回走。走着走着，看见一只小兔蹦蹦跳跳的，真可爱。它非常高兴，就扔了西瓜去追小兔。
>
> 小兔跑进树林里，不见了。小猴子只好空着手回家去。

这则寓言假借小猴子下山时看见很多可爱的东西，样样都想要，最后什么也得不到的故事，说明办事要有目的、有计划、有标准，见异思迁只会一事无成这样一个深刻的道理。哲理性寓言在我国古代寓言中占有十分突出的地位，如孟子寓言《揠苗助长》，庄子寓言《螳臂挡车》《东施效颦》《井底之蛙》，列子寓言《愚公移山》《杞人忧天》《朝三暮四》，韩非子寓言《郑人买履》《守株待兔》《自相矛盾》《买椟还珠》《滥竽充数》，《战国策》中的寓言《鹬蚌相争》《狐假虎威》《画蛇添足》《亡羊补牢》等，都是典型的哲理性寓言，其中深刻的哲理已使这些寓言故事以成语的形式一直流传到今天，广泛运用于现代人的生活之中。

哲理是关于宇宙和人生的原理，包含人类改造自然的法则和现实生活的规律，它是概括的、抽象的，不容易为一般人所理解。寓言就是利用人们从感性出发的认识特点，将哲理通过一个假托的故事表现出来，从而让人们在接受故事的同时，自然而然地明白其中深刻的道理。

（二）劝诫

古今中外的寓言中，有不少是以劝导和规诫为目的的，涉及的主题内容十分广泛，其中最为重要的有两个方面：一是让人吸取历史与前人的经验、教训，避免再蹈覆辙；一是劝人行善积德，做一个正人君子。我们来看下面两则寓言：

刻舟求剑

有个搭船过江的人，一不小心，将所带的一柄剑，从船边落到江里去了。那人马上在船边落下剑的地方，画了个记号。那人问他："喂，你在船边画了个记号，做什么用呀？"那人回答说："我的剑就是从这地方落下去的，等会儿船靠岸了，我就要从这个有记号的地方下水去把剑找回来。"

王老三救火

王老三的邻居失火了。

王老三想："这是人家失火，烧人家房屋，同我没有关系。"于是他就站在一旁看着人家的房屋顶上火焰熊熊上升，不去帮助邻人救火。

后来火势越来越猛，火焰扑过来烧到王老三的屋子了。这时他才大为惊惶，赶紧提了水桶去救火，嘴里叫着："救火呀，快来救火呀！"

可是，已经来不及了，猛烈的大火终于把王老三的房屋也烧成了灰烬。

《刻舟求剑》是魏金枝从文言文译述过来的一则寓言，原文出自《吕氏春秋·察今》，在上述故事之后，还有一段话被省略了，它们是："舟已行矣，而剑不行。求剑若此，不亦惑乎？以故法为其国，与此同。时已徙矣，而法不徙，以之为治，岂不难哉！"译述成现代文是说：船是不停地向前行驶，而落水的剑是不会跟着船一起走的。这个人沿着船边刻的记号去找剑，不是太愚蠢了吗？以过去的法律来治理国家，与这种做法是同一性质。时代已经变化了，而法令制度没有随之变化，仍旧沿用过时的法制来治国，难道不是很困难吗！很显然，吕不韦是通过刻舟求剑这个故事所包含的发展的观点，来劝诫当时的统治者制定法令时，要明察当前的形势，因时变法，而不应死守旧法。

《王老三救火》是我国现代著名寓言作家金江创作的一则现代寓言。作者运用夸张的手法刻画了王老三的心理活动和言行，让那些极端自私的人从中吸取教训：人应该有互助精神，有一颗善心与爱心，不能只顾自己，冷酷无情，否则，灾难就可能降到自己头上，也如中国民谚所说的：善有善报，恶有恶报。

劝诫寓言具有批评教育的作用，但它避开那些令人难堪的言词和尖锐的议论，使人听起来不觉得刺耳，在会心的微笑中，明白为人处世的道理。

（三）讽刺

寓言大抵是讽刺的，有"带刺的玫瑰"之称。就其主题来说，这种讽刺主要集中在社会时弊与人性弱点这两大方面。前者如法国的拉·封丹寓言、俄国的克雷洛夫寓言、中国的冯雪峰寓言等，其中有大量讽刺性政治寓言，笔锋锐利，战斗性强；后者是一种善意的讽刺，针对人性的某些弱点加以讽刺嘲弄，旨在让人不断向善，所以这类寓言又被称为“讽刺性道德寓言”，它是寓言的主体部分，适用于所有时代、所有地方、所有的人，例如赞扬慷慨、谦虚与友谊，谴责吝啬、骄傲与忘恩负义等。需要说明的是，许多讽刺性政治寓言一旦远离了产生它的那个时代，就会演化为讽刺性的道德寓言，就像伊索的许多寓言最初都具有政治性，当我们今天读它时就不必一本正经地对待这些“政治”内容，而只是把它们当作有趣的故事来读，从中吸取教训罢了。也正像今人在欣赏《刻舟求剑》这则古代寓言时一样，不会再像吕不韦那样将其作为政论的武器，而是只吸取其中所蕴涵的发展的观点，作为我们今天行动的指南。

哲理、劝诫与讽刺是就寓言表现在寓意上的突出特征而言的，也是为着解析寓意的方便而作的区分，而具体到一则寓言而言，又往往是三者的统一，比如《刻舟求剑》这则古代寓言，就其刻舟者来说是讽刺性的，就作者对这则寓言的运用是劝诫性的，而寓言所包含的运动的发展的观点又是哲理性的。

在明白了寓言寓意的三种主要类型后，阅读寓言时，就可以尝试着从这三个方面去品味它所包含的深刻寓意。有的寓言只讲故事，不加说明，或者说不直接点明寓意，这就要求读者自己去体会。我国古代寓言大多如此，如《揠苗助长》《守株待兔》等。有的寓言既讲故事，又有说明，将寓意直接写出，如克雷洛夫的寓言就大多如此。但在处理方式上，有先说寓言的，如克雷洛夫寓言《猴子》开篇就写道：“模仿别人，必须头脑清醒，然后收效才能宏大；可是没头没脑的模仿，唉，却要铸成大错！”然后再讲故事：“我要举的例子，发生在遥远的地方……”也有在故事后再说的，如克雷洛夫寓言《狗的友谊》，在故事之后写道：“人世间就充满了这样的友谊。实际上，似乎朋友之间难得不是这样的。刻画了这一对儿，其余的也就可想而知。听他们讲话，你以为他们是同心同德；丢给他们一根骨头，这就全成了狗了。”寓言中的寓意是否要加，怎么加，是没有定律的，大抵由作者根据故事的具体情况，考虑到故事的客观效果而决定，同时也和各国文学的传统以及作家的风格有关。这里要提请读者注意的是，在品味寓言的寓意时，既要尊重作者的提示，又不要让其束缚自己的审美想象，这样或许还会有新的发现，使寓言获得新的审美价值。

四、认识寓言在儿童成长过程中的意义

寓言与童话不同，童话的对象是儿童，寓言则不然，有的寓言就是为成人写的，儿童不易接受，如我国现代寓言作家冯雪峰的寓言，有相当一部分是超越儿童接受能力的。当然，有的寓言是成人与儿童共享的，而且这一部分寓言通常是寓言的精华所在，如伊索寓言、拉·封丹寓言、克雷洛夫寓言等。儿童文学作家的寓言，一般是为儿童而创作的，如我国的陈伯吹、贺宜、金江等人的寓言。我们现在所说的寓言，一般不是从作者的创作意图出发，而是就适合儿童接受角度来说的，因而，这其中的寓言作者有的并非儿童文学作家就不足为怪了。

为什么要将寓言这一文学形式介绍给儿童呢？这是由寓言的文学特征及儿童的成长特点决定的。简单地说，就是寓言蕴藏的寓意所具有的教育功能与儿童正处于受教育的成长阶段正好吻合，成人欲借寓言故事向儿童传达寓意，儿童则在欣赏寓言的短小故事所带来的阅读快感的同时接受其教益。有这样一则意味深长的故事，说的是有一天，“真理”从天上降临人间，他一丝不挂地跑进皇宫，用枯燥的哲理向国王说教。国王听也不听，把他轰出去了。第二次，“真理”把自己打扮成娓娓动听的故事，国王越听越有趣，不知不觉地接受了他的劝说。从此，国王一天天聪明能干起来。由此可见，寓意与故事是互相依存的。没有故事，寓意就没有依托。儿童也正如故事

中的国王接受“真理”那样，也是通过故事来接纳寓言这一文学形式作为自己的文学的。要让孩子们“一天天聪明能干起来”吗？赶快供给他们寓言吧！

寓言对于儿童健全成长的意义是多方面的。我国著名儿童文学作家严文井说得好：“寓言是一个魔袋，袋子很小，却能从里面取出很多东西来，甚至能取出比袋子大得多的东西。”[1]那么，儿童读者从这只魔袋里取出的又是哪些东西呢？

（一）道德教训

寓言的寓意不论是哲理、劝诫、讽刺中的哪一种，都或多或少与人的思想道德品质相关。儿童虽然厌烦教训，却能高兴地接受道德故事，在快乐中受教育，在教育中养成道德的人生观，做一个道德高尚的人。如克雷洛夫寓言《青蛙和老天爷》，告诉儿童自私是一种卑劣的品质，《鹰和蜜蜂》告诉儿童不贪名利、全心全意为大家服务的人才最值得尊重。

（二）人生经验

寓言不论写人写物，都是托故事传达作者所感悟到的人生经验，儿童从作者提供的人生经验中认识人生、获得启迪、增长知识。如伊索寓言《忠告》教儿童如何选择朋友；莱辛寓言《老鼠》告诉儿童骄傲乃是无知的表现；孟子寓言《学棋》则告诫儿童学习应该踏踏实实，心无二用，才能学到真正的本领。

（三）开发幻想力

寓言故事都是作者虚构的，其中的幻想不仅可以满足儿童爱幻想的心理，而且让他们从寓言的譬喻或象征中，看到寓言中幻想的事物和现实生活中的事物之间的联系，逐渐养成儿童的联想能力。如

① 参见《严文井童话寓言集》，人民文学出版社，1982。

孟子寓言《揠苗助长》让儿童自然地联想到在自己的学习中，应该按客观规律办事，循序渐进，否则，欲速则不达，好心办坏事；伊索寓言《北风和太阳》也让儿童自然联想到教师、家长对他们的教育方式，体会到仁慈和温和往往比威严更有效。

（四）启发智慧

寓言是智慧故事，它把真理巧妙地披上故事的外衣，或揭示哲理，或颂扬美善，或讽刺丑恶，都以智慧的语言，引导儿童去观察、思考、联想。而观察、思考、联想是人的智慧发展的彩翼。善于观察、思考和热衷于想象、幻想的孩子，其智慧发展得就快，就比较聪明。所以我们著名儿童文学作家严文井说得好："寓言是一把钥匙，用巧妙的比喻做成。这把钥匙可以打开心灵之门，启发智慧，让思想活跃。"①

（五）怡悦性情

寓言之所以受到儿童的喜爱，首先是因为它能给予儿童快乐。有的寓言，一看到题目，孩子们就会发笑，觉得很有趣，如《揠苗助长》《眼睛看不见眼毛》《画蛇添足》《指鹿为马》《掩耳盗铃》《狗和骨头》《会飞的乌龟》《会说话的树》等。而在阅读寓言过程中，当看到那些骄傲、狂妄、自私、狡猾、邪恶、霸道、懒惰、虚荣、贪婪、愚昧的人终于遭到揭露或失败时，孩子们就会感到无比的安慰和兴奋；看到那些谦虚、勤奋、正直、勇敢、善良、诚实的人最后获得胜利或成功时，孩子们就会感到莫大的温馨和快乐。寓言中那些可笑的嘴脸、蠢笨的行为、讥讽的言谈，经过作者巧妙而生动的描绘，更是鲜明突出，极富戏剧效果。所有这些都让儿童在阅读中获得情感的愉悦与心理的满足。

（六）学习语言

寓言虽然短小，但故事生动，寓意深刻，这全靠诗一般精练形象

① 参见《严文井童话寓言集》，人民文学出版社，1982。

的语言来完成。寓言的语言不仅简洁、准确、朴实，而且充满智慧，具有极强的表现力，这对处于语言敏感期的儿童有很大影响。儿童模仿性极强，他们会在享受语言带来的阅读快感的同时，不自觉地从中吸取营养，化为自己语言能力的一部分，对促进儿童尽早掌握语言运用的技巧，学会用精练、优美、流畅、传神的语言来表达自己的思想和情感，有着不容忽视的作用。

【中国】《孟子》

学 棋

有个名字叫作秋的下棋名手，他的本领是全国独一无二的。

秋有两个学生跟他一起学棋，其中一个学生，总是集中精神，一心一意地跟他学。另外那个呢，虽然也同样坐在那里听讲，眼睛也看着棋子，可是他对猎鸟更有兴趣，所以老是记挂着在天空飞翔着的鸿雁，有时甚至还隐隐约约地听到鸿雁的叫声，因此他常想拿了弓箭去射鸿雁。

结果，一个学生很快便学会了；另一个学了很久，还是没有学会什么。这难道是那个学会的学生比那个没学会的聪明些吗？

当然，原因不在这里！

导读

《孟子》是一部记录孟子言行的书。孟子（约前372—约前289），名轲，字子舆，战国时期邹国（今山东邹城东南）人，古代思想家、教育家，儒家学派的重要代表人物。在政治上主张行“仁政”，强调“民贵君轻”，重视民心的向背。在人性问题上，提出“性善论”，肯定人性生来是善的，但也重视环境和教育对人的影响。孟子在宣传自己的主张时，善于运用譬喻来说明事理。这种譬喻，有时三言两语，有时是寓言式的故事，其中如《揠苗助长》《学棋》《五十步笑百步》《齐人有一妻一妾》《偷鸡的人》等，尤为生动深刻，传诵至今。

《学棋》出自《孟子·告子上》，通过两个学棋人的对比，告诉人们：学习任何一门科学，都必须专心致志，三心二意将一事无成。

【中国】《庄子》

害怕自己影子的人

有一个人，看见自己的影子就害怕，看到自己的脚印就厌烦。为了摆脱它们，他就拼命往前跑。可是他走的路越多，脚印也越多；跑得再快，影子也始终不离开他。这个人以为自己跑得慢了，就不停地狂奔，终于力竭气衰而死。

这个人不知道停在阴处，停在阴处就没有影子了；也不知道静止不动，足迹也就休止了。他真是太愚蠢了呵！

导读

《庄子》是由庄子及其门人后学所著的一部道家学派的重要著作。庄子(约前369—前286)，名周，战国时期宋国蒙城(今河南商丘市东北)人，道家的代表人物。《庄子》的文章有所谓“寓言”“重言”“卮言”。《庄子·寓言篇》说：“寓言十九，重言十七，卮言日出。”《庄子·天下篇》说：“以天下为沉浊，不可与庄语，以卮言为曼衍，以重言为真，以寓言为广。”在庄子看来，“寓言”除通常所说的寓言外，还包括神话式的幻想故事；“重言”是引证古人古事，也多虚构假托；“卮言”虽是论说之辞，也不乏诡异奇幻的色彩。但在今天看来，三者的区分是庄子对自己的某类寓言的独特称谓，均可归入“寓言”名下。寓言这一文学形式及其定名，就是从《庄子》开始的。

《庄子》书中的许多文章大都是由寓言故事组成，作者的哲学思想和政治观点即通过这些故事或故事人物的对话方式表现出来，寓言故事中著名者极多，如《鲲鹏展翅》《庖丁解牛》《陷阱之蛙》《蜗角之争》《匠石运斤》《东施效颦》《望洋兴叹》《涸辙之鲋》《螳臂挡车》《邯郸学步》等，都含意深厚，脍炙人口。《庄子》的寓言故事取材广泛，设想奇诡，意境开阔，描写传神生动。

《害怕自己影子的人》以一个愚人的悲剧告诫人们，解决问题应该从问题的根源入手，寻本求源，对症下药，才能如愿，否则不仅无济于事，甚至有可能付出惨重的代价。

【中国】《荀子》

鼯　鼠

田野里有一种小动物，名叫“鼯鼠”，也有人把它叫作“硕鼠”的。它有五种本领：会飞、会走、能游泳、能爬树，又会掘土打洞。但是，它虽然学了这几种本领，却一种也没学好。说它会飞吧，飞得不很高；会游泳，却又游得不远；爬树呢，又爬不到树顶；走又走不太快；掘土打洞，也不能弄得很深。

名义上是学会了五种本领，用起来时，却一样也不中用。这哪里能说它有本领呢！

导读

《荀子》是荀子著述的先秦时期儒家的重要著作，涉及哲学、逻辑、政治、伦理等多方面的内容。荀子（约前313—前238），名况，时人尊而号为“卿”；汉人为避宣帝讳，称孙卿，战国后期赵国人，古代思想家和教育家，先秦时期朴素唯物主义思想的集大成者。在政治思想上，主张将发展经济和礼治法治结合起来。在自然观上，反对传统的天命鬼神信仰，提出“人定胜天”的思想。在人性问题上，与孟子性善论相反，倡导“性恶论”，强调后天环境和教育对人成长的影响。著名的《劝学篇》是传统的中学教材，集中论述了作者对学习的见解。文中强调“学”的重要性，认为只有“博学”，才能“知明而行无过”，还指出学习必须联系实际，学以致用；学习的态度应坚持不懈，精诚专一。

寓言《鼯鼠》也是以学习为内容的，告诉人们，学习应该踏踏实实，下一番苦功夫，把本领真正学到手。不要像鼯鼠那样，浮华不实，东抓抓西抓抓，只图虚名，什么真才实学也没有。

【中国】《列子》

愚公移山

太行山和王屋山，是两座大山。从地面到山顶，有一万来丈高，绕着山走一圈，就有七百里。

山的北面，住着一位叫作愚公的老汉。

愚公快九十岁了。他家的大门朝着这两座大山，出门做事得兜圈子，要走很多弯路，进出十分不便。这可叫他恨透了。

有一天，他召集了全家大小，对他们说："这两座大山，堵住了我们的出路，来往不便。我们要出力搬掉它，开出一条直通豫州的大路。以后我们出门，也省得转弯抹角地兜圈子了！"

大家都很赞成。只有他的妻子心中有些疑虑。她说：

"你们有多大本领！我看你们这点人，怕连一个小土堆也平不了，别说这么又高又大的两座山！我来问问你们，挖出来的那些石头、泥土往哪里送呢？"

大家都说："挖出来的石头、泥土，把它搬到渤海滩去不好吗？再多些，也不愁没地方堆呀！"

第二天，愚公就带了全家人，动手开山了。

他的邻居是个寡妇，她有一个才七八岁的儿子，也来帮忙。

他们工作得很起劲，长年累月地挖泥土、挑石块，在路上来来往往，把石头泥土送到渤海去，一年四季很少回家。

黄河边上，也住着一位老汉，这人很精明，人们管他叫智叟。他见愚公他们辛辛苦苦地挖泥土、挑石块，暗暗地笑话他们。还走去劝告愚公说：

"你这人为什么这么傻！这么大岁数了，离死也不远了！用尽你的气力，也拔不了山上的几根草，怎么搬得了那么多泥土、石块！”

愚公深深地叹了口气，回答说：

“我看你真是糊涂透顶了，你比那寡妇家的小孩子还不如哩！不错，我是老了，活不了几年了。可是我死了还有儿子，儿子又生孙子，孙子又生儿子，子子孙孙一直传下去，便可以无穷无尽。可是这两座山呢，却是再也长不高了，不会长出一粒泥、一块石头来，我们为什么平不了它！”

听了这话，那个自以为聪明的智叟，再也想不出话来回答了。

天帝被愚公的诚心所感动，就派大力神的两个儿子背走了这两座山。从此，愚公住的那一带就再没有大山阻碍交通了。

导读

《列子》，相传为战国时郑人列御寇所作。原书已亡佚，现在流传的本子是东晋时张湛辑注的，共 8 卷 134 则。大部分属于民间故事、寓言和神话传说，思想内容较为复杂，文学价值颇高。书中有很多脍炙人口而又有教育意义的寓言故事和神话传说，如《两小儿辩日》《歧路亡羊》《九方皋相马》《纪昌学箭》《齐人攫金》《杞人忧天》《扁鹊换心》《朝三暮四》《高山流水》《愚公移山》等，写得生动活泼，寓意深刻，深受儿童的喜爱。

《愚公移山》出自《列子·汤问》。寓言反映了我国古代劳动人民不怕困难、坚持奋斗的精神。愚公和智叟两个人物对比鲜明，故事结局的浪漫主义手法体现了人定胜天的乐观信念，后人用这则寓言来称颂抱定某一宗旨，便坚持不懈、顽强地干下去的必胜信念和坚毅精神，也鼓舞人们一旦认准了目标，只要坚持不懈地干下去，美好的理想就一定会实现。

【中国】《韩非子》

只相信自己的儿子

有个财主，他住屋的一堵墙，给雨水冲坏了，塌倒了一个缺口。

他的儿子告诉他说：

“赶快把这个缺口修好，不然的话，黑夜里，小偷会从这里进来偷东西的。”

住在财主隔壁的那个老头，看见了那个墙缺，也警告他说：

“不把这墙缺修好，小偷会跑进你家来的。”

当天晚上，真的来了小偷，从那个墙缺进去，偷走了财主家的财物。

财主很称赞他的儿子，以为儿子有先见之明。可是，同时怀疑他的邻居，认为邻居就是偷他东西的那个小偷。

导读

《韩非子》是先秦法家的代表作，是在韩非死后，后人搜集其遗著，并加入他人论述韩非学说的文章编成。韩非（约前 280—前 233），战国末期韩国（今河南省新郑）人，荀子的学生。《韩非子》全书 20 卷，55 篇，10 余万字，提倡人人平等，用人唯贤，反对用人唯亲；反对儒家“礼治”，提倡“法治”，提出了以“法”为中心的“法、术、势”相结合的法治理论。为了阐明他的观点，书中引用了大量寓言故事，使抽象的道理形象化，使深奥的道理易于理解。其中寓意深长的寓言有：《远水不救近火》《毁树容易种树难》《滥竽充数》《自相矛盾》《守株待兔》《削足适履》《郑人买履》《买椟还珠》等。

《只相信自己的儿子》这则寓言说明一个人有了偏见，看问题就容易带有片面性，作出的结论也往往不符合事实。前后两人所说的警告的话，用意是一样的，为什么在财主看来，前者“有先见之明”，后者则是“小偷”，就因为说话者的身份不同，其中的寓意，让人深思。

【中国】《吕氏春秋》

刻舟求剑

有个搭船过江的人，一不小心，将所带的一柄剑，从船边落到江里去了。

那人马上在船边落下剑的地方，画了个记号。别人问他：

“喂，你在船边画了个记号，做什么用呀？”

那人回答说：

“我的剑就是从这地方落下去的，等会儿船靠岸了，我就要从这个有记号的地方下水去把剑找回来。”

导读

《吕氏春秋》，又名《吕览》，先秦杂家的代表著作，由战国末秦相吕不韦(前292—前235)集合门客编成。《吕氏春秋》内容丰富广博，保存了大量史料。每篇文章说明一个中心问题。写法上大体是先交代中心意思，然后引用历史事实或寓言故事来说明问题，写得生动具体，有说服力。其中著名的寓言故事有《唇亡齿寒》《掩耳盗铃》《刻舟求剑》《穿井得一人》《割肉自啖》等。

《刻舟求剑》出自《吕氏春秋·察今》，作者在论证因时变法的主张时，引用了这则寓言。原文在上述故事后写道：“舟止，从其所契者入水求之。舟已行矣，而剑不行。求剑若此，不亦惑乎！以故法为其国，与此同。时已徙矣，而法不徙，以为治，岂不难哉！”意思是说，船停了下来，那人就从刻记号的地方下水找剑，而剑没有移动，这样找剑，不是太糊涂了吗？用旧法治理国家，和这一样。时代已经变迁了，而法不变，用这样的法来治理国家，难道不困难吗？本则寓言体现出可贵的发展的观点，启示人们如果遇事不知变通，无视发展，用静止的观点去看待变化万千的世界，其结果只有失败。

【中国】《战国策》

亡羊补牢

从前有个人，养了几只羊。一天早上，他去放羊，发现少了一只。原来羊圈破了个窟窿，夜间狼从窟窿里钻进来，把羊叼走了。

邻居劝告他说：“赶快把羊圈修一修，堵上那个窟窿吧。”他说：“羊已经丢了，还修羊圈干什么呢？”就没接受邻居的劝告。

第二天早上，他去放羊，发现又少了一只。原来狼又从窟窿里钻进来，把羊叼走了。

他很后悔，不该不接受邻居的劝告。他赶快堵上那个窟窿，把那羊圈修得结结实实的。从此，他的羊再也没有被狼叼走了。

导读

《战国策》亦称《国策》，相传为战国时期各国史官或策士辑录，西汉时经刘向整理，到宋时又有缺失，由曾巩补订，成为流传至今的《战国策》本子。《战国策》载录了春秋以后到楚、汉兴起前240余年的历史，主要是记载战国时代谋臣策士游说诸侯或相互辩论时所发表的政治见解和提出的斗争策略，以及他们错综复杂的政治活动。由于辑录者尤其重视语言的艺术，所以该书具有很高的文学价值。书中大量运用寓言故事，据统计有50余则。其中代表性的寓言有《画蛇添足》《鹬蚌相争》《狐假虎威》《狡兔三窟》《亡羊补牢》《南辕北辙》《两虎相斗》《伯乐与千里马》《惊弓之鸟》《三人成虎》《自知之明》等，这些都是今天的儿童所熟悉的故事。

《亡羊补牢》出自《战国策·楚策四》。这则寓言告诉人们：对待别人正确的意见，应认真听取，虚心接受，立即改正，不然的话，就会遭受损失。寓言的深刻性还在于给犯了错误的人留有余地，鼓励他们不要因为有了过错就自暴自弃，随时欢迎他们改正错误。如果当时没有意识到，事后才反应过来，并采取措施及时补救，也是好的，可以防止以后再受损失。必须坚决反对的是，对别人的正确意见拒绝接受，一错再错，最终造成无以弥补的损失。

【中国】《说苑》

猫头鹰搬家

猫头鹰急急忙忙地往东飞，它想赶快离开这个鬼地方，越快越好。它飞呀，飞呀，不停地飞。半路上遇到了一只斑鸠。斑鸠问它："老兄，看你匆匆忙忙的样子，累得满身大汗，这是要到哪里去呀？"

猫头鹰说："我要搬家，到东方去。"

斑鸠又问："西方不是你的故乡吗，为什么要搬到东方去呢？"

猫头鹰说："西方的人们都讨厌我，他们吹毛求疵，说我的叫声难听，我可受不了这样的气！因此，我想还是搬到东边去住倒干净。"

斑鸠诚恳地对猫头鹰说："只靠搬家恐怕解决不了问题。我劝你最好还是从主观上找找原因。倘若你能把自己的腔调改一改，在西方也还是可以住下去的；假如你的腔调不改，还是那样怪声怪气的，那就不仅西方的人们会讨厌你，东方的人们也会讨厌你的！"

导读

《说苑》是一部分类故事选，作者是西汉的刘向。刘向（前 77—前 6），本名更生，字子政，沛（今江苏沛县）人，西汉经学家、目录学家、文学家。《说苑》内容与时政颇相契合，有小说意味，其中杂有不少寓言故事，如《猫头鹰搬家》《苌弘之死》《知了、螳螂和黄雀》《白龙上诉》《螳螂捕蝉》等。

《猫头鹰搬家》出自《说苑·谈丛》。这则寓言告诉人们：社会对某个人的看法，主要取决于这个人自己，如果表现不好，不管到哪里，都不会有好的反映。对待自己的缺点有两种不同的态度：一是不从主观上找原因，却一味埋怨客观环境，采取回避的办法，这不是解决问题的办法，也不利于自己的进步。另一种是正视缺点，认真分析原因，采取适当而得力的措施，加以克服，从而改变大家对自己的看法，这才是应该做的。

【中国】《汉书》

曲突徙薪

有户人家的烟囱砌得太直，一烧火就直冒火星儿。烟囱旁边还堆着一大堆柴火。有位客人看见这种情况就提醒主人："这样太危险了，会失火的。您把烟囱改造一下，砌个弯道；柴火也不要放得那么近才好。"主人只是随便地答应着，根本没有听进去。

没过几天，由于火星儿落进柴堆，果然失火了。幸亏众乡邻来得及时，奋力扑救，才没有造成严重的损失。

第二天，主人杀猪宰羊，大摆宴席，答谢救火的乡邻。他把被火烧得焦头烂额的邻居请入上座，其他人也按出力大小依次入座。但是那位最早提出忠告的客人呢，主人压根儿没想到应该请他来入席。

导读

《汉书》是我国第一部纪传体断代史，主要作者是班固。班固，字孟坚，扶风安陵（今陕西咸阳东北）人。东汉史学家、文学家。

《曲突徙薪》出自《汉书·霍光传》，寓意是指如果能虚心听取别人意见，就可以防患于未然，避免重大损失。但失火人家的主人不仅不听忠告，更可悲的是，事后依然没有认识到忠告的价值。

【中国】《醉翁谈录》

高下之争

传说有这样的故事。

有一天，眉毛、眼睛、嘴巴和鼻子互相争论起地位的高下来。

嘴巴问鼻子说：“你有什么本领？为什么你的地位在我的上面，还翘得老高老高的？”

鼻子说：“我能辨别香臭，不论什么食物，得先经我闻过之后你才能吃，所以，我的地位应该在你之上。”

鼻子也不佩服眼睛，它问眼睛：“你有什么本领，你的地位为什么在我之上？”

眼睛说：“我能看东西，什么是美的，什么是丑的，要我看过之后才能分辨出来，我的功劳大，按理说，我的地位应该在你之上！”

鼻子还不服气，又说：“如果你的理由能成立，那末眉毛有什么本事，它居然也高高地在我之上？”

眉毛不慌不忙地说：“我不和你们争论地位的高下，这太无聊了。可是，如果我处在眼睛和鼻子之下的话，你们倒想想看，这样的脸皮往哪里放呢？”

导读

《醉翁谈录》是宋代罗烨的一部笔记体文学集。这则寓言通过眉毛、眼睛、嘴巴和鼻子的争论，讽刺了那些只看到自己的长处，看不到别人的作用，不顾大局，不识大体，整天争地位、闹情绪的庸人。其实，人的五官，各有各的作用，各有各的地位，谁也不能代替谁。它们的关系应该是既各司其职，又相互配合。这就让人自然地联想到，人与人之间应有的关系：人人生而平等，没有谁高谁低、谁贵谁贱之分，只是各自的岗位与职责不同罢了。

【中国】柳宗元

黔之驴

据说古时候贵州没有驴子。有个商人从外地运进来一匹驴子，但是贵州多山，驴子派不上用场，商人只好把驴子放到山下，听任它在那儿吃草蹓跶。

有一天，从山上下来一只老虎。贵州的老虎也从来没有见过驴子，突然看见这么个庞然大物，不禁大吃一惊，以为是什么神灵下凡。老虎慌忙躲进树丛，偷偷察看驴子的动静。

一天过去了，老虎没有看出驴子有什么特别的地方。第二天，老虎蹑手蹑脚地走出树林，想到驴子跟前摸摸底细。还没有走上几步，猛听见驴子一声大吼，吓得老虎转身就逃。奔了一阵，老虎发现后面没有动静，又小心翼翼地踱了回来。慢慢地，老虎习惯了驴子的叫声，又壮着胆子向驴子靠近。它先用脚爪去挑逗，又用身子去碰撞。驴子恼羞成怒，尥起后蹄向老虎踢去。老虎偏偏身子就躲过去了，心里不禁一阵高兴："原来这个家伙就这么点儿本事啊！"饿了一天一夜的老虎，大吼一声，猛扑过去，一口咬住了驴子的喉管，美餐了一顿，上山去了。

导读

柳宗元(773—819)，字子厚，河东解(今山西省运城市西南)人。唐文学家、哲学家。与韩愈同为古文运动倡导者，为"唐宋八大家"之一。在文学上，以散文成就最大，而以寓言散文与游记散文最为著名，代表作分别为《三戒》与《永州八记》。

《三戒》是柳宗元贬谪永州时的作品，是他的寓言代表作，包括

《临江之麋》《黔之驴》《永某氏之鼠》三篇短小精悍的寓言。《三戒》篇名是借用《论语·季氏》中“孔子曰:‘君子有三戒’”的“三戒”一词。同时“戒”又是古代的一种文章体裁。戒文的写作目的就是要人们引以为戒。“三戒”的意思即是三件应该警惕戒备的事。在孔子那里,“三戒”是指:“少之时,血气未定,戒之在色;及其壮也,血气方刚,戒之在斗;及其老也,血气既衰,戒之在得(即贪得无厌)。”而在柳宗元这组寓言里,则通过麋、驴、鼠的活动及其结局,象征了那些恃宠骄横、仗势欺人、虚有其表而不学无术这类人物的丑恶行径及其可耻下场,以此作为人们为人处世的警戒。

《黔之驴》是《三戒》中故事最为曲折精彩的一篇,出色地塑造了驴子和老虎这一敌对的艺术形象。描写驴子的形象,突出了驴子的三个特征:在老虎面前显得庞大的外形、会嘶叫和尥蹶子的本领。描写老虎的形象,则从老虎先后发现驴子的三个特征时的心理活动和动作的变化着手,突出了老虎机智聪敏、谨慎行事的真正强有力者的性格特点,从而也反衬了驴子自命不凡、愚蠢无能、色厉内荏的“大人物”形象。从对比描写中,让人们明白了驴子之所以会送命,是因为它虚有其表,没有真本领;贵州老虎之所以能得胜,是因为它在貌似强大的对手面前,既不胆怯,又不莽撞,敢于斗争,善于斗争。这则寓言还让人们体会到,要做成功一件事,实力与方法是两个重要因素。

这则寓言寓意深刻,“黔驴技穷”或“黔驴之技”早已成为人们习用的成语了。

【中国】王安石

神童仲永

金溪地方有户人家，生了个孩子，起名叫方仲永。这家人祖祖辈辈都以耕田为生，大字也不识几个。仲永五岁那年，家里并没有教他认识纸墨笔砚，他却忽然哭闹着要这些文具。他的父亲感到很奇怪，就从附近人家借来一套给他，他挥笔写下了四句诗，还签上了自己的名字。那诗中表达了孝养父母、维护宗族之意，家里人连忙请一个乡下秀才看了，秀才把孩子夸赞了一番。从此以后，指着某个物件让他作诗，他立刻就挥笔写出，而且词句贴切、文气贯通。这个地方的人都认为这孩子是个神童，将来必成大器，许多人都来和他父亲交往，把他父亲当上宾。有的人还送钱送物给他。他的父亲见有利可图，就成天带着仲永到处表演，让人施舍，不让他读书了。几年后，有人让他写诗，写出的诗比前几年逊色了许多。又过了几年，仲永已是二十岁的小伙子了，可是他的灵气一点也没有了，平平庸庸，和一般人没有什么两样。

导读

王安石（1021—1086），字介甫，号半山，抚州临川（今江西抚州）人，北宋政治家、思想家、文学家，官至宰相，被列宁称为“中国11世纪的改革家”，在文学上也有很高成就，为“唐宋八大家”之一。

《神童仲永》，原名《伤仲永》。伤，叹惋、怜惜的意思。作者叹惋神童仲永未能得到应有的爱护与教育，怜惜他的遭遇，给读者多方面的警戒。首先是没有远大目光的父亲，见利而忘义，没有负起教子的责任，仲永的不幸，很大程度上是他父亲的罪过，这是为人父母者应引以为戒的。其次,仲永的不幸也说明了成才与天分及后天教育的关系,强调后天教育在人成长过程中的重大作用,让少年儿童明白,有了好的天赋,还要虚心求学、勤奋好学,才能成才,否则就会重蹈仲永的不幸。反之,天赋既高,又能加以适时而合理的教育,自然就会如虎添翼,早日成才,并成就伟大事业。前事不忘,后事之师,人们应该从这则寓言故事中吸取教训。

【中国】刘基

赠 蛇

南海岛上的人喜爱吃蛇。有个人到北方旅行，把晒干的蛇肉作干粮。到了齐国，齐国人热情款待，食宿照顾都很优厚周到。他很高兴，就把用一条长花毒蛇做成的肉干送给主人以表示酬谢。主人吓得吐着舌头，转身就跑。南海客人不明白这是为什么，还以为是自己的礼物太菲薄了，便吩咐他的仆人去找一条毒蛇之王送给主人。

导读

《赠蛇》出自明初作家刘基的《郁离子》。刘基(1311—1375)，字伯温，自号郁离子，浙江青田南田武阳村(今属文成)人。寓言体散文《郁离子》是他的代表作之一。这部寓言专集分为18篇，共收寓言故事100多则，其中的《赠蛇》《楚王打猎》《庄稼与野草》《九头鸟》《东海黄公》《笼中猿》《善斗的牛和善鸣的马》《偷鸡的山猫》《喜鹊与八哥》《鹳鸟迁巢》《南山蛟龙》《卖柑者言》等寓言，一直流传至今。

《赠蛇》这则寓言启示人们：入境随俗，要尊重他人的风俗习惯，不要只凭主观意愿办事，而不顾相关条件的改变，否则虽然出自好心，却会事与愿违。

【中国】刘元卿

争　雁

哥俩外出打猎，看见远处飞来一群大雁，两人就张弓搭箭准备射雁。哥哥说："现在的雁肥，射下来煮着吃。"弟弟反对："天鹅煮着吃好，大雁还是烤了吃，又香又酥。""我说了算，就是煮着吃！""这事儿该听我的，非烤不行！"两人争执不下，一直吵到村里的长辈面前。老人家给他们出了个主意：射下来的大雁，一半煮着吃，一半烤着吃。哥俩都同意了。等到他们再回去射雁的时候，那群大雁早已飞得无影无踪了。

导读

《争雁》出自明代作家刘元卿的《应谐录》。这则寓言告诫人们，做任何事情都应该抓住时机，说干就干，做那些无谓的空谈，只会坐失良机，一事无成，关键是行动。

【中国】刘元卿

搔　痒

从前，有个人身上发痒，叫他儿子来搔，连搔三次，三次都没有搔着痒处，又叫妻子来搔，也没有搔着痒处。这人恼怒地说：“儿子、妻子都是我亲近的人，为什么如此为难我呀！”于是他自己伸手一搔，身上再也不痒了。为什么呢？因为痒在哪里，自己最清楚。自己动手一搔，哪有搔不中的呢！

导读

这则寓言讽刺了那些依赖思想太重的人，本来是自己举手之劳的事，却不去动手，还责怪别人做得不是。同时启发人们，对于自己的毛病，也只有自己最清楚。要克服这些毛病，别人的批评帮助虽然也能起一定的作用，但重要的是自己的行动，依靠自己才是最根本的出路。

【中国】马中锡

东郭先生和狼

一天，东郭先生骑着毛驴在路上走，驴背上驮着个口袋，口袋里装着书。

忽然，从后面跑来一只狼，慌慌张张地说："先生，救救我吧！猎人在后面追我，让我在你的口袋里躲一躲。躲过这场灾难，我永远忘不了你的恩情。"东郭先生犹豫了一下，看看狼那可怜的样子，心肠软了，答应了狼的要求。他把口袋里的书取出来，想办法把狼往口袋里装。可是口袋很浅，狼身子很长，怎么也装不好。猎人越来越近了，已经可以听到马蹄的声音了。

狼很着急，说："先生，求求你快一点儿！猎人一到，我就完了！"说着，它就躺在地上，蜷成一团，头贴着尾巴，四条腿并拢，叫东郭先生用绳子捆起来。东郭先生依照狼的意思，把它捆好了装进口袋里，又放上些书，扎紧口袋，放在驴背上，继续往前走。

猎人追上来一看，狼不见了，就问东郭先生："你看见一只狼没有？它往哪里跑了？"

东郭先生说："我没看见狼。这条路岔道多，它也许从岔道上逃走了。"

猎人走了，越走越远，听不到马蹄的声音了。狼就在口袋里说："先生，我可以出来了。"东郭先生就把它放了出来。狼伸伸腰，舔舔嘴，马上露出凶相，张开血盆大口，对着东郭先生说："我现在饿得很。如果找不到东西吃，就一定要饿死。先生既然救我，就该救到底。让我吃了你吧！"说着，就向东郭先生扑去。

东郭先生大吃一惊，只好绕着驴躲避。他躲到驴这边，狼就扑到这边；躲到驴那边，狼又扑到那边。东郭先生累得气喘吁吁，嘴里不住地骂着："你这没良心的东西！你这没良心的东西！"

天色渐渐晚了。正在危急的时候，有个老农民扛着锄头走来。东郭先生急忙上前拉住老农民，请他评理。他把事情的经过告诉了老农民，然后问道："我应该让狼吃吗？"狼不等老农民说完，就抢着说："他刚才捆住我的腿，把我装进口袋里；上面还压了好多书，这哪里是救我，分明是想闷死我。这样的人不该吃吗？"

老农民想了想，说："你们的话，我一点也不相信。这个口袋怎么能装得下一只狼呢？我得看一看狼是怎样被装进去的。"

狼同意了。它又躺下，蜷成一团。东郭先生用绳子把它捆起来，装进口袋里。老农民立即把袋口扎紧，对东郭先生说："这种吃人的野兽，绝不会改变本性。对狼讲仁慈，简直太糊涂了，太危险了！"说罢，抡起锄头，把狼打死了。

东郭先生恍然大悟。他对老农民说："谢谢你今天救了我，我一定记住这个教训。"

导读

这则寓言是根据明代作家马中锡的《中山狼传》演变而来的。马中锡(1446—1512)，字天禄，号东田，故城(今河北故城东)人，有《东田文集》传世。《中山狼传》收录于《东田文集》卷三。对于这篇著名寓言故事的作者，有三种说法：唐人姚合、宋人谢良、明人马中锡。

《中山狼传》刻画了三种类型的形象：狡猾、凶恶的狼；善良、糊涂、不分敌我的东郭先生；机智勇敢、善于斗争的老农。劝诫人们绝不能怜悯狼一样的恶人。狼的本性是吃人的，不论它如何善于变化，都改变不了它凶残的本性。就像这只中山狼，危急时大谈仁爱，谎言报恩，顺从听命；得志时便露出狰狞本质，强词夺理，颠倒是非，恩将仇报。但善终究会战胜恶，狼得到了它应有的下场，鲜明的形象与曲折的故事中，蕴含着深刻的哲理。

【中国】林语堂

龟与兔赛跑

有一天，龟与兔子相遇于草场上。龟在夸大自己的恒心，说兔子不能吃苦，只管跳跃寻乐，长此以往，必无好结果，兔子笑而不辩。

“多辩无益，”兔子说，“我们来赛跑，好不好？就请狐狸大哥为评判员。”

“好。”龟不自量地说。

于是龟动身了，四只脚作八只脚跑了一刻钟，只有三丈余，兔子不耐烦了，有点懊悔。“这样跑法，可不要跑到黄昏吗？我一天宝贵的光阴，都牺牲了。”

于是，兔子利用这些光阴，去吃野草，随兴所至，极其快乐。

龟却在说：“我会吃苦，我有恒心，总会跑到。”

到了午后，龟已精疲力竭了，走到阴凉之地，很想打一下盹，养养精神，但是一想昼寝是不道德的，又奋勉前进。龟背既重，龟头又小，五尺以外的平地，便看不见。他有点眼花缭乱了。

这时的兔子，因为能随兴所至，越跑越有趣，越有趣越精神，已经赶到离路半里许的河边树下。看见风景清幽，也就顺便打盹。醒后精神百倍，却把赛跑之事完全丢在脑后。在这正愁无事可做之时，他看见前边一只松鼠跑过，认为他是怪物，一定要去追上他，看看他尾巴到底有多大，可以回去告诉自己的母亲。

于是他便开始追，松鼠见他追，便赶紧跑。奔来跑去，忽然松鼠跳上一棵大树。兔子正在树下翘首高望之时，忽然听见背后有声叫道：“兔弟弟，你夺得冠军了！”

兔子回头一看，原来是评判员狐大哥，而那棵树，也就是他们赛跑的终点。那只龟呢，因为他想吃苦，还在半里外匍匐而行。

凡事必须求性情所近，始有成就。

世上愚人，类皆有恒心。

做龟的不应同兔赛跑。

导读

林语堂（1895—1976），原名和乐，后改名玉堂，福建龙溪（今漳州）人，现代著名学者，文学家。林语堂涉足寓言，是一个偶然机会，但他的寓言却是别具一格，极富个性的。这里所选是他对伊索寓言的再创造。

据说有一次，林语堂去旁听华东各大学英语演说比赛，竟发现有大学生某君，引伊索寓言为材料。这让他体会到伊索寓言之深入人心，在大学生脑里盘亘的仍有这些东西。于是想到以后编大学教材，应当以寓言体为主，以便灌输，取事半功倍之效。这又让他回忆起清光绪末年自己上小学时读伊索寓言《龟兔赛跑》的情形，当时他为兔抱不平，并深恨龟，为此还蓄志日久，要修订伊索寓言，为兔平反。后来《十日谈》杂志向他约稿，他就写了数则“新编伊索寓言”，以了却夙愿。

在伊索寓言里，兔子是被嘲笑的对象，因为它恃强骄傲，输了比赛。龟有恒心，不怕苦，坚持到底，赢了比赛。而在林语堂寓言里，却颠了个个儿，兔子不仅取得了胜利，还是时间的珍惜者。虽然兔子无心取胜却夺得冠军，但在作者看来这是天经地义的，这场比赛在未比之前，胜负就已确定。可笑的是龟不自量力，即使是有“恒心”这一优良品质，却改变不了它的愚笨。“做龟的不应同兔赛跑”，两者根本不存在赛跑的前提。这就启示人们，凡事要自我掂量，量力而行，不切实际的幻想和超越自己能力的行为都是愚蠢的。为人处世，既不能自卑自弃，也不能狂妄自大，否则将自取其辱，而要实事求是，有自知之明，找准自己应有的位置。

【中国】林语堂

太阳与风

有一天，太阳与风在争辩，谁的力气大。骄傲的太阳看见地上有行人走路，知道叫人出汗解衣，是他的拿手好戏。于是他对风说：

“我们比一比吧！谁能叫那人脱下衣服，便算谁的力气大。”忠厚的风上当了。他答应了。

风先鼓起力气，尽力地吹，可是只能吹掉那行人的帽子。老奸巨猾的太阳在旁咯咯地笑。他说：“让我来，我多么王道，我不声不响地能叫那人马上赤膊给你看。”太阳胜利了。

这是天上的一方，在地上只觉得天气乍暖乍寒，有点反常，哪里知道是在上者使枪法，累及下民遭殃。在那行人解衣之时，他对自己说道：

“那凶横的风，我倒有办法。只是那太阳，不声不响，看来似乎非常仁厚王道，一晒晒得我热昏。叫我在此地出汗受罪。风啊，来给我吹一吹吧！”

且说天上，忠厚的风无端受太阳奚落一场，心殊不快，忽然慧心一启，哈哈大笑地对太阳说：

“老奸巨猾，你也别使花枪了。我们再比一下，看谁有本事，叫那行人再穿上衣服。”

太阳为要做绅士，虽然明知必败，只好表示主张公道而答应了。

这回太阳越晒，那人越不肯穿衣服，等到风一吹，那人才感觉凉快，谢天谢地，又穿起衣服来了。

这回太阳失败了。

行人因为天气反常，冷热不调，得了肺膜炎，一命呜呼。但是天上的太阳与风，各人一胜一败，遂复和好如初，盟誓曰“旧账一笔勾销！”

非才之难，善用其才之为难。

不声不响的人都可怕。

天上使花枪，下民空吁嗟，旧账勾销后，小民眼巴巴。

导读

在伊索寓言里，通过北风和太阳比试谁的威力大，说明了“仁慈与温和往往比威严更有效”的道理，对教育者很有启发。但在这则《太阳与风》的新编寓言里，作者将寓意的重心由“方法”转变到“结果”，并从因果关系中揭示深刻的主题内涵。忠厚的风与老奸巨猾的太阳虽然“旧账一笔勾销”，可它们在天上这一折腾，却苦了地上的行人。这种不顾他人冷暖死活，只逞自己一时之能、以赌为快的行径，让人颇受启发。上层争权夺权，受害的只有老百姓。作者在篇末点题式的议论中写道：“天上使花枪，下民空吁嗟，旧账勾销后，小民眼巴巴。”这又使得这则道德寓言带上了浓厚的政治寓言色彩。

【中国】冯雪峰

蛇和兔

蛇为了尊重兔的居住自由，定了一条法律，亲自跑去向兔颁布说：

“听着：今后我如果不先敲门得到你的允许，就径自冲进你的住宅，你有权向我控告！”

蛇这样做确实是很有诚意的。

蛇所担心的却是兔的态度。蛇觉得，兔的法律观念一向都很薄弱；而兔一时怕也难以改变对蛇不信任的心理。蛇就决意先去试一试。

蛇故意不先敲门，直接冲了进去，咬死了一只小兔子，然后跑了出来，坐在兔屋门外等兔来控告。

很久很久，总是不见兔出来控告，蛇的愤怒就一刻大似一刻，重新跑进兔屋，发着雷霆说：

“你怎么不守法？”

“叫我对谁守法和守怎样的法，先生？”

“你敢不来控告？”

“刚才做强盗的是您，现在做法官的也是您，那么，先生，又叫我捉哪一个强盗向哪一个法官去控告？”

“嘶嘶嘶！”蛇再也抑制不住肝火，就一口吃了兔。

蛇吃了兔以后，还向公众宣布说：“我这回杀兔，和以往不同，是于法有据，而且已经完成了从逮捕到审讯的全部法律手续了。”

导读

冯雪峰(1903—1976),浙江义乌人,诗人,文学理论家。1952 年由人民文学出版社出版的《雪峰寓言》,是他开中国当代寓言先河的作品。他在创作新寓言方面作了大胆的探索和勇敢的创新。早在新中国成立前的 1947 年至 1948 年,由于革命斗争的需要,他写下了大量的寓言,用以教育人民,打击敌人。他的寓言寓意深刻,富有哲理,笔锋锐利,诗意隽永,充满现实主义精神,针对性和战斗性都很突出,例如《蛇和兔》《狐狸的兔园》《跟森林为敌的野猪》等,是揭露当时国民党统治的罪恶的;《蛇和音乐》《鼓手的蛤蟆》等,是讽刺无耻文人的。

《蛇和兔》是一则政治寓言,时过境迁,今天可以作更深一层的体会,即它揭示了这样一种常见的社会现象:为自己错误的行为找借口。蛇要吃兔,无论有法与无法,兔子都是被吃,不同的是,无法时被吃,吃者会受到“不尊重居住自由”的道德谴责;有法时被吃,至于吃者与被吃者都是合法的了。将不法的行为合法化,虽然是强权政治的特征之一,但被吃者“法律观念一向都很薄弱”,正给它的敌人以可乘之机。只要它一日不懂得利用现有的哪怕是不完善又没有诚意的法律来保护自己,那它就摆脱不了被吃的命运。

【中国】张天翼

野 牛

一群野牛过境,遇见了老虎。他们立刻排成一个圆形,脸冲外,把小牛们护在圆圈中间。他们看见有一头牛带着两个小的在旁边徘徊,就向他叫:

"快来参加呀! 这是大家的事!"

那头牛自言自语着:"我自顾还不暇呢,来管大家的事!"带着两个小的就往山谷里躲。

老虎无法攻那个圆圈阵,就扑向了山谷里的几个。那头牛越想越想不通,怎么别人都没事,只有他一家子遭殃呢? 后来忽然记起了一层道理,他只得叹了一声。

"命也夫,命也夫!"

老虎笑眯眯地说:

"我非常赞赏你的这种人生态度。"

导读

张天翼(1906—1985),现代著名作家、著名儿童文学家,祖籍湖南湘乡,生于江苏南京。是中国儿童文学史上最为重要的作家之一,他的《张天翼儿童文学作品全集》(湖南少年儿童出版社,1996)共2卷80万字,其中代表作是长篇童话《大林和小林》《宝葫芦的秘密》等。他的寓言作品共有28篇,全部写于解放战争时期,发表在1948年10月至1949年3月香港的一些报刊上。由于当时特定的政治形势,张天翼的这些寓言抨击了黑暗的现实,并对人们身上存在的某些错误倾向,进行了善意的讽刺和规劝。

《野牛》这则寓言以形象的对比，告诉人们这样一个道理：团结起来，一致对外，就能抵御外来者的侵入；反之，脱离集体、逃避斗争只能死路一条。同时还表明，“大家的事”就是自己的事，保护了大家，也就保护了自己，个人与集体的关系是相互依存的。而那头不幸的野牛不但没有从血的教训中明白这些道理，反而将自己的不幸归因于命运，自我安慰，将自我排除在集体之外，而这种认命的人生态度却是它的敌人——老虎非常赞赏的。从人生观的高度来读这则故事，人们该明白如何去处理好个人与集体的关系。

【中国】张天翼

狼和蚊子

一只狼吃饱了，一边散步一边对同类叙述他怎样扑杀几只兔子，怎样咬死一只羊。正讲得兴高采烈时，忽然感到脖子上一阵痒，一抓，一看：一只蚊子——给弄死了。他失声叫了起来：

“啊呀，罪过罪过！阿弥陀佛，罪过！”

导读

《狼和蚊子》是典型的讽刺性寓言。狼的虚伪在它自己的言行中暴露无遗。一只正在兴高采烈地讲述它“扑杀几只兔子”和“咬死一只羊”的光辉业绩的狼，居然对自己失手弄死一只蚊子大发慈悲，一副珍爱弱小生命的样子，这是多么深刻的讽刺啊！而世上不是有很多像狼这样的伪君子吗？警惕啊，尤其是弱小善良的人们，不要上这类人的当。

【中国】艾青

画鸟的猎人

一个人想学打猎，找到一个打猎的人，拜他为师。他向那打猎的人说："人必须有一技之长，在许多职业里面，我所选中的是打猎，我很想持枪到树林里去，打到那我想打的鸟。"

于是，打猎的人检查了那个徒弟的枪，枪是一支好枪，徒弟也是一个有决心的徒弟，然后就告诉他各种鸟的性格和有关瞄准与射击的一些知识，并且嘱咐他必须寻找各种鸟去练习。

那个人听了猎人的话，以为只要知道如何打猎就已经能打猎了，于是他持枪到树林里去。当他一进入树林，还没有举起枪，鸟就飞走了。

于是他又来找猎人，他说："鸟是机灵的，我没有看见它们，它们先看见我，等我一举起枪，早已飞走了。"

猎人说："你是想打那不会飞的鸟么？"

他说："说实在的，在我想打鸟的时候，要是鸟能不飞该多好呀！"

猎人说："你回去，找一张硬纸，在上面画一只鸟，把硬纸挂在树上，朝那鸟打——你一定会成功。"

那个人回家，照猎人所说的做了，试验着打了几枪，却没有一枪能打中。他只好再去找猎人。他说："我照你说的做了，但我还是打不中画中的鸟。"猎人问他是什么原因，他说："可能是鸟画得太小，也可能是距离太远。"

那猎人沉思了一阵对他说："对你的决心，我很感动。你回去，把一张大一些的纸挂在树上，朝那纸打——这一次你一定会成功。"

那人很担忧地问："还是那个距离么？"

猎人说："由你自己决定。"

那人又问："那纸上还是画着鸟么。"

猎人说："不。"

那人苦笑了，说："那不是打纸么？"

猎人很严肃地告诉他说："我的意思是，你先朝着纸只管打，打完了，就在有孔的地方画上鸟，打了几个孔，就画几只鸟——这对你来说，是最有把握的了。"

导读

艾青（1910—1996），现代著名诗人，原名蒋海澄，浙江金华人。代表作有长诗《大堰河——我的保姆》《向太阳》等。当这位成绩卓然、享有国际声誉的诗人将深情的目光投向儿童时，从他笔端流泻出的诗章也同样脍炙人口，如童诗《初雪》等。他的寓言是有感而发的偶作，正因为"有感而发"，在失去创作自由的年代里，诗人因《画鸟的猎人》而罹难。

《画鸟的猎人》是艾青对那些徒有虚名，却又愚蠢至极的人的嘲讽，犀利而深刻。但人们从中得到的启示却远不止这些，譬如知道如何去做并不等于你已经能够这样做，还可以引申到有了好的愿望，并不一定就有好的结果。这篇寓言的妙处还在于层层推进，最后推出了这么一个让人哑然失笑的结尾，幽默风趣，令人回味无穷。

【中国】严文井

习　惯

有一天，一头猪到马厩里去看望他的好朋友老马，并且准备留在那里过夜。

天黑了，该睡觉了，猪钻进了一个草堆，躺得舒舒服服的。但是，过了好久，马还站在那儿不动。猪问马为什么还不睡。马回答说，他这样站着就算已经开始睡觉。猪觉得很奇怪，就说：

"站着怎么睡觉呢，这样是一点也不安逸的。"

马回答说：

"安逸，这是你的习惯。作为马，我们习惯的就是奔驰。所以，就是在睡觉的时候，我们也随时准备奔驰。"

导读

严文井(1915—2005)，当代著名儿童文学家，原名严文锦，湖北武昌人。严文井以他独树一帜的童话创作，在中国儿童文学史上占有重要地位，代表作有《小溪流的歌》《"下次开船"港》等。严文井的寓言创作主要在新中国成立以后，数量有十余篇，虽然不多，却蕴涵着巨大的思想容量和很深的艺术造诣。其代表性寓言有《三只蚊子和一个阴影》《会摇尾巴的狼》《习惯》《回声的结局》《飞蛾和台灯》等。严文井的寓言如同他的童话一样，仍然保持着作家一贯的艺术风格：幽默中显露着机智，哲理中包含着诗情，在想象和虚构的艺术世界里，置放起一面反映现实的镜子。让人在不知不觉的阅读中，得到潜移默化的教益；在会心的微笑中，悟出讽刺的真谛。

《习惯》借助于猪和马的对话，刻画了老骥伏枥、志在千里的骏马形象,有着昂奋的进取精神和警策意义。在这篇寓言里,作家巧妙地运用了一个科学常识,即马和猪各自睡觉的方式,引申出两类不同目标、不同性格人物的人生观之差异。当猪对于马的睡眠方式感到不可理解,而发出疑问时,马的回答是意味深长的:“安逸,这是你的习惯。作为马,我们习惯的就是奔驰。所以,就是在睡觉的时候,我们也随时准备奔驰。”豪放而幽默地歌颂了不断进取、奋斗不息的人生战士。

【中国】樊发稼

牛和熊

从前，山林里住着牛和熊，他俩是一对好朋友。

一天，牛对熊说：

“咱们一天到晚东游西逛，怪没意思的，还是走出山林找点事做吧！”

熊“嘿嘿”笑了笑，说：

“牛兄，你真傻！不想过舒舒服服、轻轻松松、自由自在的日子，偏要去找什么事做，这不是自讨苦吃吗？反正我不走，我劝你也不要走。”

牛主意已定，还是独自下了山。

牛来到农民家里，成了家牛。农民非常高兴，把他当作家里的一个成员，对他十分爱护。牛一年四季不声不响、踏踏实实地帮农民干活，不是耕地，就是拉车。农民年年获得好收成，很快富起来了。

多少年过去了，牛积劳成疾，病得很厉害。他的朋友熊知道后就来看他。

熊叹了一口气，说：

“唉，怪你当年不听我的话。现在怎么样，不是累病了吗？你看我，身体多结实，我的寿命肯定比你长。”

牛坦然一笑，说：

“是的，我的生命可能不久就要结束，但是，我感到我生活得很充实，我这一生总算没白过。而你整日价无所事事，这样活得再长又有什么意义呢？”

导读

樊发稼(1937—)，上海市崇明县人，中国社会科学院文学研究所研究员，当代著名儿童文学作家、诗人、评论家。他自幼就是一个寓言爱好者，最早创作发表的诗歌《一只苍蝇的死》(1957)就是一篇“诗体寓言”。1993年还在香港出版了第一部寓言集《学下蛋的猪》。在创作的同时，他还一直怀着极大的兴趣关注着我国新寓言创作的现状及其发展，写了不少理论性文章。他曾大声疾呼：“少年朋友们，爱寓言吧！它会丰富你的想象力，启迪你的智慧；它会帮助你培养高尚的道德情操，正确辨别和对待美与丑；它会启示你克服前进中的不足和缺点，激励你变得更加聪明、勇敢、机智、达理，积极进取，健康成长……”

樊发稼的寓言一般都很短小，但在每一个小故事里，都蕴含着深刻的道理。这个道理，有时以警策的格言或精辟的警句的形式直接点出来，就像《牛和熊》这则寓言，通过牛和熊对自己不同的生活道路的选择，以及牛对生活意义的认识，告诉人们：人应该怎样活着才有意义，生命价值并不是以其寿命的长短来衡量的，而是看其对社会的贡献。这对处于人生观形成时期的少年儿童来说，有着深刻的指导意义。

【中国】金江

狐狸的“真理”

狐狸到处宣扬“真理”。

它遇到兔子，便对兔子说：“兔子要服从狐狸的指挥，这是真理。”

它遇到鸡，便对鸡说：“鸡应该孝敬狐狸，记住，这是真理。”

它遇到狗，便对狗说：“当狐狸吃鸡时，狗不能多管闲事，这是真理。”

狐狸的“真理”多极了，但狐狸从来不说这些“真理”是他自己发明的，却说：“这是《圣经》上有的！”

导读

金江（1923—2014），原名金振汉，浙江温州人，当代著名的寓言作家，儿童文学家。他先后出版有寓言集《小鹰试飞》《乌鸦兄弟》《好好先生》《狐狸和螃蟹》和童话集《会飞的公鸡》《白头翁的故事》《“不及格”找朋友》等，还编选有《中国古代寓言精选》（白话本）、《中国现代寓言集锦》《外国寓言选》和《世界寓言精品500篇》等。他的作品曾被译成多种文字介绍到国外，有的则入选中小学语文课本，寓言《狐狸和猴子》还被改编拍摄成美术影片《过桥》。

《狐狸的“真理”》是一则讽刺寓言。世上就有狐狸这类人，“真理”天天挂在嘴边，仿佛他就是真理的传播者与捍卫者。其实，在“替天行道”的背后，干着“挟天子以令诸侯”的勾当，打着《圣经》的旗号，满足其私欲，因为这“真理”的内涵是“为我所用”，我即真理。这种行为具有极大的欺骗性，人们对那些满口“真理”的人要格外谨慎，小心上当。

【中国】金江

乌鸦兄弟

乌鸦兄弟俩同住在一个窠里。

有一天,窠破了一个洞。

大乌鸦想:“老二会去修的。”

小乌鸦想:“老大会去修的。”

结果谁也没有去修。后来洞越来越大了。

大乌鸦想:“这一下老二一定会去修了,难道窠这样破了,它还能住吗?”

小乌鸦想:“这一下老大一定会去修了,难道窠这样破了,它还能住吗?”

结果又是谁也没有去修。

一直到了严寒的冬天,西北风“呼呼”地刮着,大雪纷纷地飘落。乌鸦兄弟俩都蜷缩在破窠里,哆嗦地叫着:“冷啊!冷啊!”

大乌鸦想:“这样冷的天气,老二一定耐不住,它会去修了。”

小乌鸦想:“这样冷的天气,老大还耐得住吗?它一定会去修了。”

可是谁也没有动手,只是把身子蜷缩得更紧些。

风越刮越凶,雪越下越大。结果,窠被吹到地上,两只乌鸦都冻僵了。

导读

窠破了一个洞，乌鸦兄弟都知道应该修，而且是越来越感到必须修，但谁都没有去修，因为它们都希望别人动手，自己坐享其成，结果两只乌鸦都被冻僵了。这是它们应得的惩罚。人与人之间的相处是否也要从这“乌鸦兄弟”的遭遇中吸取教训呢？社会是一个大家庭，人人为我、我为人人。要创造一个良好的生活环境，人人都应该有从我做起、从身边的小事做起的自觉品质。

【中国】方崇智

生命的真理

春天里，谁要是播下一粒种子，到秋天，他就能收获一个真理。你也许不相信，那么，就请看下面的事实——一粒普通的种子，是怎样变成一个真理的？！

你瞧：

——种子在土壤中萌发了，把生命传给了嫩芽；

——嫩芽在雨露中长大了，把生命交给了枝叶；

——枝叶在阳光中茂盛了，把生命输给了鲜花；

——鲜花在风雨中凋谢了，把生命注入了果实；

——当果实终于成熟的时候，它，又把生命献给了人类。

……

就这样，时间老人虽没有开口，有个真理却在传讲：

“生命的价值，在于奉献；而生命的永恒，就是无私！”

导读

方崇智（1919—2012），安徽省安庆人，当代寓言作家、儿童文学家。《生命的真理》通过种子、嫩芽、枝叶、鲜花、果实各自的行为，得出了同一答案，这答案就是篇末点明的寓意。不仅如此，这则寓言的寓意还可以作更深一层的联想，从生命通过种子、嫩芽、枝叶、鲜花、果实，再回到新的种子那里，说明了生命的价值不仅在于奉献，还是一种传递，一种生生不息的传递，没有这种传递，就没有生命的延续与永恒，所以珍惜生命的意义，不仅要奉献出这生命，还要发展这生命，在生命的传递中走向永恒。

【中国】方崇智

瞎子论颜色

有个瞎子，听见别人议论颜色，他也卖弄聪明，插嘴议论。

别人劝他："您没见过颜色，还是不要说吧！"瞎子听了很不服气："哼，我没见过，就不知道吗？颜色有什么奥妙，它不是苦的就是甜的！"

大家听得笑了起来。瞎子连忙改口说："那么，不是方的就是圆的！"

大家笑得更响了。瞎了急忙补充说："要么，不是硬的就是软的！"

人们笑得更加厉害。瞎子生气地叫道："如果不是香的，难道还是臭的吗？"

这时，大家简直笑出了眼泪。瞎子忽然顿足说："哦，我明白了，那一定是听起来很响很响的！"

不懂就是不懂，不要装懂。

导读

《瞎子论颜色》讽刺那些强不知以为知的卖弄者。瞎子没见过颜色，又不愿承认自己不懂，便只好硬着头皮一再胡猜，用嗅觉、触觉、听觉的经验来乱套视觉形象，结果闹了大笑话。作者巧妙地借用瞎子世界无颜色的特点，将认识与事实上的矛盾推向极端，得出了"不懂就是不懂，不要装懂"的结论。有些人虽然不是瞎子，但他认识的"盲点"却不少，如果也想卖弄聪明，就会犯"瞎子论颜色"的错误，贻笑大方。

【中国】吴广孝

木 薯

老哲人和黑孩子在沙漠里遇到一丛野生的木薯。黑孩子急急忙忙跪在地上挖出果实,啃了一口。

"噢,真苦!"黑孩子皱起眉头,吐着舌头,把木薯扔在沙地上。

老哲人微微一笑,领着黑孩子向前走去。他们自信地沿着直线前进,他们的脚步却以微小的误差沿着弯曲的弧线艰苦地移动。他们忍饥挨饿走了三天三夜。那两双沉重的脚步印在沙漠上,画出了一个不规则的大圆。一老一小又回到野生木薯的旁边。孩子马上拾起木薯,贪馋地大嚼。

"这果实是你自己扔掉的呀!"老哲人笑着说,"上面还留着你的牙痕哩!"

"是啊,"孩子回答,"现在甜极了。"

导读

吴广孝(1936—),籍贯山东,吉林工业大学教授,当代寓言作家、儿童文学家。《木薯》是一则哲理寓言。同是木薯,为什么会有先苦后甜的天壤之别呢?人在腹饱和腹饥时对同一食物的评价会截然相反,这是人人都有的体验。但作者大胆而娴熟地运用巧合法,让孩子拾起的正是他三天前扔掉的木薯,可谓用心良苦,在强烈的对比中,寓意更为深刻。生活中的"苦"与"甜"也是相对的,在一定的条件下可以相互转化。经历过磨难的人,往往更懂得珍惜平凡的生活。

【中国】吴广孝

科学家和定律

像宙斯抓闪电一样，科学家捉住了一个定律。科学家把定律带回实验室，扔到火里燃烧，又浸入水里冷却。他像个铁石心肠的人，一次又一次地严厉批判、故意非难、仔细考察着定律，甚至为它准备了断头台和绞刑架。

定律看见科学家严峻的面孔，不觉流下了眼泪：

“亲爱的科学家，你呕心沥血，甚至不惜自己的生命才捉住了我，可是，你又为什么这样对待我？”

“我的孩子，”科学家蹙紧眉头，一边做着实验，一边回答，“在科学事业中，真正的爱都是严厉的。我这样的目的，只是希望：在我化成尘埃的时候，你仍能立足于世界！”

导读

这则寓言告诉人们，一条科学定律来之不易，它是科学反复求证的结果，有助于人们树立科学的工作态度和不断求索的科学精神。科学家的话会让人极自然地联想到什么是“真正的爱”，为人父母或为人师表者，都可以从中体会到，爱就是要让被爱者能够“立足于世界”，要像科学家爱护“定律”那样爱自己的孩子、爱自己的学生。反过来，作为孩子或学生也要体会出只有这种“严厉的爱”，才是“真正的爱”，从而相互配合，在爱的阳光雨露里早日成才，早日自立于世界。

【中国】薛贤荣

小猴躲雨

有三个猴子耐不住林中的寂寞，相约下山一游。大概是贪恋田野的景色，竟忘了时辰已到黄昏，天气阴晦欲雨。等它们意识到这点时，豆大的雨点已劈头盖脸地打了下来。恰巧，路旁有一座看青人搭的小木屋，三个猴子便决定进去躲雨。

第一个猴子一步跨到门口，却失望地咂咂嘴。转身对两个伙伴说："倒霉！这门是关着的。"

第二个猴子绕小屋转了一圈，垂头丧气地告诉大家，窗子也都关着，进不去。

第三个猴子嚷道："别浪费时间了，我们快来想想办法吧！"

于是，三个猴子围成一团，冒雨开起了讨论会。它们设计一个又一个开门方案，又一个接一个地否定掉。最后，它们都认为这木屋是无法进了，只有冒雨回到树林中去。

正在它们欲走未走的当儿，一阵风把门吹开了。三个猴子又惊又喜：啊，原来门是掩着的，压根儿没锁！

惊喜之余，它们想，花那么大的劲儿去开会研究，真还不如亲自动手推一推哩。

导读

薛贤荣（1950—　），安徽合肥人，当代寓言作家、儿童文学家，出版有《小猴躲雨》《国王与海盗》《老鼠和神灯》等寓言集，并著有《寓言学概论》。薛贤荣寓言注重故事性，幽默风趣，内涵丰厚。《小猴躲雨》通过极富戏剧性的故事，讽刺了那种遇事只知道"开会研究"，却不肯“亲自动手”的坏作风，教育少年儿童与其花时间空谈，不妨亲自去试一试，在实践中找到解决问题的办法。

【中国】薛贤荣

小兔的公式

小兔自出生以来，还未出过门哩。

兔妈妈认为应该让孩子见见世面，就带它去旅行。

啊，大千世界，真是风光旖旎，丰富多彩。小兔高兴得手舞足蹈，它问这问那，对一切都兴趣盎然。兔妈妈呢，不厌其烦地耐心解答，它多么希望孩子能尽快成熟起来呀！

天上有只老鹰在盘旋。小兔不认识，呆呆地瞧着，正要向妈妈请教，兔妈妈却慌慌张张地拉着它躲进草丛。

直到老鹰飞远了，兔妈妈才擦去淋漓的汗水，对小兔说："孩子，这长翅膀的家伙，是个吃兔不眨眼的恶魔，头号大坏蛋！"

"凡是长翅膀……恶魔，坏蛋……"小兔在心里得出了结论。

它们继续朝前走。

一群带哨的鸽子呼啸而过。

小兔一见，连忙躲到妈妈身后，吓得浑身发抖。

"别怕，孩子！"兔妈妈说，"这是鸽子呀，它们美丽善良，是和平的使者。"

小兔眨巴眨巴着眼睛，狐疑地想：它们不也长着翅膀吗？

它还未想出个子丑寅卯来，只听得一阵"呱呱"的嗓音传来——附近的树上停着一只老鸹。

兔妈妈说："这是个吹牛皮的家伙，整天自卖自夸，'呱呱'叫个不停，并未做什么有益的事。"

"凡是'呱呱'叫个不停……自卖自夸……"小兔又在心里得出了结论。

它们又游玩了许多地方。直到天快黑的时候，才折转回家。

这时，水田里响起一片“呱呱”声。

小兔近前一看，原来是青蛙。

“哼！”小兔鄙夷地说，“你这个吹牛皮的家伙，整天‘呱呱’乱叫，一点好事也不干！”

“不，孩子，”兔妈妈说，“你冤枉它了。这是青蛙，是顶有用顶可爱的小动物，它专吃危害庄稼的害虫，为粮食丰收立了大功哩。”

“这……”小兔迷惘了。

兔妈妈猜出了它的心思，便说：“孩子，世界是复杂的，我们要多动脑筋，千万不要用一个简单的公式去套。”

导读

儿童由于经验有限，认识事物常犯片面的毛病，容易以偏概全，只见形似，难见本质。寓言中的小兔就是这样一个孩子的形象，所以它弄不明白为什么是这样而不是那样。作者借兔妈妈的话，在篇末点明了寓意，告诉少年儿童，凡事应开动脑筋，多作思索，透过现象看本质，克服简单化、教条化的毛病。

【中国】胡树化

奇怪的驴子

老马、大骡、驴子拉一辆车。车夫看着老马不太卖力，就抽了它一鞭子。

老马流出痛苦的眼泪，大骡也由于同情而叹息一声。

但驴子却开心地笑了。

因为大骡拉车卖力，车夫特地给它一瓢麸子。

大骡很高兴，老马也为同伴获赏而庆幸。

但驴脸却失意地拉长了。

导读

胡树化，江苏铜山人，当代寓言作家。《奇怪的驴子》这则寓言在故事的构成上，以驴子前后截然相反的表现引起读者的思考：世上有这样一类人，总希望别人都比不上他，看不惯别人比他强。看见别人痛苦，他则幸灾乐祸；看见别人快乐，他却满脸的不高兴。这是一种极不正常的心态。

【中国】林植峰

骏马拉磨

有一匹马，据说已经不顶用，被主人闲置着。有一次，一个威武的骑士偶然发现了这匹马，便禁不住“啧啧”连声地赞道：“多好的骏马啊，让它跟我上战场，准能……”

“是的，当然是一匹出色的马，”主人高声打断道，“其实，我早就看出来了，而且，明天，我就要让它充分发挥作用。”

骑士听完主人的表白，只好恋恋不舍地离开。骏马听了他们的对话，顿时全身热血沸腾，他仿佛觉得自己在纵情奔驰，驮着勇敢的骑手快似流星，冲锋陷阵……

激动的一夜终于过去了。第二天一早，主人果然找到了骏马，他一直把马牵进了磨房，给它戴上了眼罩，而且十分得意地说：“好马儿，你总算能大显身手了。哈哈，谁说我不是‘伯乐’，不会识别和使用这等宝马呢！”

骏马哭笑不得，它只好按主人的安排，终日拉着石磨转。

有这么一种人，明明在浪费人才，却大言不惭地以“伯乐”自居，说他也能识别“千里马”，且使用得恰到好处哩！

导读

林植峰(1936—　)，湖南安化人，当代寓言作家。《骏马拉磨》是一则讽刺寓言。用人不善是一种带有普遍性的社会现象：对于人才，往往不是不被重用，就是使用不当。其实用非所长与不被重用一样都是浪费。寓言中骏马的不幸命运也正是生活中某些人才尴尬处境的真实写照。

【中国】徐迅

水火无情

从前，有一个人听见“水火无情”四个字，就非常害怕。一天，他的一个朋友因家中失火被烧死了。他知道后，觉得“火”这东西实在太可怕了，于是决定自即日起，彻底与火断绝关系：不用柴火，不起灶火，不点灯火。肚子饿了，就买点熟食吃，要么就吃生的，这样一来，他生活艰苦得无法说。可是，想不到没过几天，他的一个亲戚又被水淹死了。他知道后，觉得“水”这东西太危险了，又断然决定自即日起，与水断绝关系：不喝水，不用水，不看水，甚至连天上下雨也吓得要命，连用水煮的饭也不敢吃了。于是，他整天躺在床上，不几天就把自己活活折磨死了。

其实，任何事物都是有利有弊的。如果光看到事物弊病的一面，畏缩不前，那就什么事情也别想干了。

导读

徐迅，当代寓言作家。《水火无情》这则寓言的故事是充分夸张了的，生活中绝没有像主人公那样的蠢材。但看问题片面教条，以偏概全的人却屡见不鲜。任何事物都有利和弊两个方面，正确的做法不是消极回避，而是扬长避短。

【中国】瞿光辉

珍贵的种子

有人得到一颗非常珍贵的种子，这颗种子种下去以后，会开世界上最美丽的花，会结世界上最甜蜜的果。

几年以后，他的朋友们都以为它已经枝粗叶茂、开花结果了，纷纷前来向他要这棵果树的种子。谁知道他连那颗种子都还没有种下去呢。

“你为什么不种下去啊？”朋友们诧异了。

“我怕种下去会被太阳晒死。”那人回答说。

“可以早晚浇点水嘛。”

“我怕浇水会把它浸霉。”

“那可以开沟排水么！”朋友们指点着。

“啊，这么珍贵的种子，不怕被飞鸟啄掉吗？我舍不得播下去呢！”

“那么，不种下去，不让它开花，不让它结果，这颗种子还有什么值得珍贵的呢？”

导读

瞿光辉（1939—　），浙江温州人，当代寓言作家。《珍贵的种子》这则寓言告诉人们，盲目珍爱反而会使被珍爱者失去固有的价值。这颗种子的价值就在于把它种下去后，它能开出世界上最美丽的花，会结出世界上最甜蜜的果实。然而，如果不把它种下去，它就不是种子了，也就是说应该物尽其用，人尽其才。这则寓言还让人联想到人才的培养，对待那些天生聪慧的孩子，如果以保护天才之名，不让他们勤学苦练，天才的种子也永远不会开花结果。从孩子自身来说，他必须明白，即使自己是一位天才，如果害怕“日晒雨淋”的锻炼，也会一事无成。

【中国】陈乃祥

猴子种果树

猴子听说水果含有丰富的维生素C，可以帮助消化，滋润皮肤，就到果园里偷挖来一棵梨树，种在自己家门口，天天浇水、施肥，等待将来吃梨子。

正当梨树成活的时候，门口榆树上的一只老乌鸦“哇哇”地对猴子说：“猴兄，猴兄，你怎么种梨树呢？有句农谚：‘梨五杏四。’梨树要五年才能结果，你有这个耐心等吗？”

猴子一想：“对，五年太长，我可等不及。”于是就拔掉了梨树，改种了杏树。

正当杏树成活的时候，老乌鸦又“哇哇”地对猴子说：“猴兄，猴兄，你怎么种杏树呢？有句农谚：‘杏四桃三。’杏树要四年才能结果，你能等得及吗？”

猴子一想：“对，四年太长，我也等不及。”于是拔掉了杏树，改种了桃树。

正当桃树成活的时候，老乌鸦又“哇哇”地对猴子说：“猴兄，猴兄，你怎么种桃树？有句农谚：‘桃三樱二。’种桃树再短也得三年才结果，你有耐心等吗？”

猴子一想：“对，三年也太长，我还是等不及。”于是拔掉了桃树，改种了樱树。

……

就这样，这只没有主见的猴子，拔了梨树种杏树，拔了杏树种桃树，拔了桃树种樱树，种了一辈子的果树，到头来什么果子也没有吃到。

导读

陈乃祥(1932—),浙江诸暨人,当代寓言作家。《猴子种果树》讽刺办事没有主见的人。虽然虚心接受他人意见是一种美德,但没有主见地一味接受则是无知的表现。这类人就像“种了一辈子果树”的猴子一样,忙碌了一辈子,最终还是一事无成。

【中国】湛卢

乌鸦和猪的“谅解”

乌鸦在一株树上,看见下面有一只浑身黑毛的猪。

“哈哈！这个黑家伙,多难看呀。”乌鸦耻笑说。

猪向四处看了看,发现说话的是乌鸦,就说:“讲话的,原来是一个黑得可怜的小东西!”

“你说谁？你也不看看你自己!”乌鸦气愤地说。

“你也看看你自己吧!”猪也很气愤。

它们争吵了一阵,就到池塘边去证实谁更黑得难看。它们在水里照了照自己,又互相端详了一下,谁也不开口了。但乌鸦忽然高兴起来说:“黑有什么不好看呢?”

“我也以为黑是很好看的。”猪也快乐地说。

这只是一个比喻。不要因为彼此都有同样的缺点,就相互原谅,并且把缺点当作优点来自称自赞。

导读

湛卢(1922—1987),本名王文琛,四川省夹江县人,当代寓言作家。《乌鸦和猪的“谅解”》的寓意已在篇末点明,但是否还能获得更多的启示呢？比如,乌鸦开始笑话黑猪时,并不知道自己比猪更黑,一旦发现,便马上改口。这前后矛盾的行为多么具有讽刺意味啊！有一种人,只以自己的好恶为是非标准,为维护自身的形象,不怕出尔反尔。

【阿拉伯】《一千零一夜》

过高的欲望

有一只麻雀，一天飞进了一个羊圈。他正坐在那里，突然有一只老鹰猛扑下来，伸出爪子抓起一只羊羔，飞走了。麻雀看见了，拍着翅膀喊："我要像他那样干！"他高估了自己，以为自己跟大人物的能力一模一样。

他飞了起来，不一会儿就落到了一只毛皮厚密的肥羊的身上，肥羊的毛蓬松而黏稠，因为他习惯于躺在黏稠的泥浆里。麻雀一落到这个动物的背上，就用翅膀拍打他，但是他的爪子缠在了羊毛里面。他使劲地想飞走，但却无法脱身。那个目睹了老鹰和麻雀的所作所为的牧人，怒气冲冲地跑过来，一把抓住麻雀，扯掉他翅膀上的羽毛，用绳子把他的双腿捆在一起，然后把他提到了自己的孩子面前，摔在地上。

"这是什么？"孩子问。牧人回答说："这家伙想把自己变得跟别人一样的伟大，因此他没有好下场。"

（吴冀风译）

导读

《一千零一夜》又译作《天方夜谭》，是一部在世界各国广泛流传的古代阿拉伯民间故事集。相传古代阿拉伯国王山鲁亚尔残暴成性，因为王后与人私通，便把王后与王后的情人一起杀了。从此以后，他每天娶一女子做王后，第二天早晨就加以杀害。宰相的女儿山鲁佐德看着不忍，立志拯救自己的姐妹，自愿嫁给国王。她用讲故事的方法，引起国王的兴趣，故事讲到最动人的地方，天已亮了，国王急于去坐朝，就让她留到明天讲完故事后再杀。可是第二夜，她又把另一个故事讲到最精彩的地方停住了。就这样，一直讲了一千零一夜。最后，国王终于被她感化，放弃了残酷行为。在这一千零一夜连续讲述的故事里，内容非常广泛，有冒险故事，有爱情故事，有历史故事，有寓言，有童话，等等，充满了瑰丽奇妙的想象。这些故事的来源现已无从查考，一般认为是在印度和波斯民间故事的基础上，逐渐吸收了其他国家、其他民族的民间故事，不断地丰富内容，增加分量，在 8 世纪到 16 世纪这个漫长的时期内，经过众人之手，凝聚了人民的智慧，才逐渐定型的。18 世纪，经过一位名叫安东纳·加兰的法国人的改写后开始流传于西方读者之中。后来很快出版了几种译本，受到读者欢迎。

《过高的欲望》这则寓言在当时被用来劝阻人们改变对事物的不切实际的向往。因为那时的价值观念普遍认为最重要的事情便是满足于生来就确定的地位，而不要企图“改善自身”，欲望过高往往会招来祸患。但今天再读这则寓言，人们想到的是：凡事应量力而行，只有做自己有可能办成功的事情，才是明智的，讽刺那些没有自知之明、好高骛远、不切实际的追求者。

【印度】《百喻经》

三层楼

从前有个傻富，他看到另一个富人家住着三层楼，宽敞华丽，心里好生羡慕。他有的是钱，马上把泥瓦匠找来，问道：

“那家的楼房你能盖吗？”

“能盖。”泥瓦匠说。

于是，泥瓦匠开始打地基，选砖头，建造楼房的最下一层。傻富瞧了，心里有些疑惑，就又跑来问泥瓦匠：

“你这是造的什么房子呀？”

“这不是照你的吩咐盖的三层楼房么？”泥瓦匠回答。

傻富一听泥瓦匠的话急了眼。他赤红着脸说：“我用不着底下的二层，就要最上面的一层。你们给我把那个三层盖好就行了。”

泥瓦匠们哈哈大笑地说：“没有这样的道理。盖了第一层，才有第二层；有了第二层，才有第三层。”

但是，那个傻富仍然固执己见，最终成为大家的笑料。

（吴冀风译）

导读

《百喻经》是印度古代僧人伽斯那编写的一部借寓言以宣传佛教的故事书。它之所以流传很广，是因为书中所载寓言具有很高的文学价值，而且这些寓言中有不少适合儿童阅读，受到小读者的欢迎。早在5世纪末年，到中国来的印度人求那毗地法师将其译成了中文。

《三层楼》的寓意是：要做好一件事，必须先打好基础。我们在生活和工作中绝不能像这个愚人一样迂腐，需知万丈高楼平地起，成功没有捷径可走，只有扎扎实实、脚踏实地，才能达到目的。

【印度】安纳德

狮子和山羊

从前有一群山羊，他们每天都到树林里去吃草。有一天，在晚上回家的时候，他们中间有一只老母羊走累了，落在了后面。天渐渐黑了，她迷了路，跑到附近一个洞里去藏身。她走进去，发现有一只狮子坐在里面，就大吃一惊。她吓得呆了一会儿，定了定神，就盘算应该怎么办。“我若是跑开的话，”她想，“这只狮子就一定马上会捉住我；若是我能鼓起勇气，沉着地对付他，我也许可以逃过去。”

她就大摇大摆地走到狮子面前，一点没有害怕的样子。狮子对她看了又看，猜不透为什么一只山羊竟敢这样大胆，一点都不像别的山羊那样，他们从来不敢走近他。最后他想她一定不是山羊，而是他从来没看见过的一种怪兽。

“老人家，你是谁？”狮子大着胆子恭敬地问。

“我是山羊的女王，”母山羊回答说，“我是西伐神的信徒，我曾经向他立誓要吃一百只老虎、二十五只象和十只狮子。我已经吃了一百只老虎和二十五只象了，现在我正在寻找十只狮子。”

狮子听了，吓得不得了，他相信山羊真是来吃他的，就推说他要到河边去洗脸，从洞里溜出去了。

他跑到洞外，碰见了一只豺狗。豺狗看见百兽之王那种惊慌的样子，就问他什么缘故。

狮子慌慌张张地告诉豺狗，说他碰见了一只怪兽，看去很像山羊，却一点也不像山羊那样胆小。

豺狗是很聪明的，他一下子就猜到，把狮子吓到这个地步的，不过是一只可怜的老山羊。于是安慰狮子说，这不过是那只老弱的动物，为了避免自己被吃掉而想出的一条诡计。

“你沉住气，跟我一块儿回到洞里去，把这个冒牌的东西当一顿饭吃了吧。”豺狗提议说。

狮子听了他的话，就和豺狗一块儿回去。

山羊看见狮子回来了，她知道一定是听了和他同来的豺狗的话。但是她一点也不惊慌，迎上前去，作出非常庄严的样子，对豺狗说：

“你就是这样执行我命令的吗？我叫你去捉十只狮子，给我做一顿吃，你却只带一只来。为着你这个罪过，我就该剥了你的皮！”

狮子听见这话，以为是上了豺狗的当，马上狂怒地扑到豺狗身上，把他吃掉了。

这时候，母山羊赶紧溜出山洞，逃出了狮子的爪牙。

（朱古府　李百燕译）

导读

安纳德（1905—2004），印度的英语作家，1925 年获剑桥大学哲学博士学位，1952 年因积极投身于世界和平运动而获得世界和平理事会授予的国际和平奖金，代表作有长篇小说《苦力》和《印度童话集》等。

《狮子和山羊》是《印度童话集》中的一篇，这则寓言讲述了一个典型的以弱胜强的故事。它告诉人们，面对强者，一要鼓起勇气，沉着应付；二要开动脑筋，善于计谋。有勇无谋与有谋无勇都不能变被动为主动，更不能帮助自己最终战胜强大的对手。故事一波三折，其中包蕴的哲理耐人品味。

【印度】佚名

聪明过头的鱼

池塘里有两条鱼。一条叫“有一百种智慧”，另一条取名为“有一千种智慧”，他们同一只青蛙是好朋友，这只青蛙名叫“只有一种智慧”。

一天，他们一起在岸边玩耍，渔夫们走过这里。渔夫们手中拿着渔网，头上顶着许多死鱼，边走边交谈着。

“瞧，这个池塘里看来有不少鱼呢，水好像也不深。明天一早我们到这儿来捕鱼吧。”渔夫们这么说着便走过去了。

两条鱼和青蛙连忙商议应急的办法。

青蛙说：“哎，亲爱的伙伴，我们可怎么办呢？我们应该逃走还是仍然留在这里？”

“有一千种智慧”笑笑说：“你别让几句空话吓坏了！他们未必会来的。就算他们来了，也没有什么了不起。我认识水中许多道路。别怕，我有足够的本领保护你和我自己。”

“有一百种智慧”也接着说：“一点也不错。我们不是常说，风平浪静、阳光不透的地方，智慧也能够很快打开一条出路吗！我们不该为了几句荒唐的空话就离开祖祖辈辈生活的地方。我们一步也不离开。”

青蛙却回答：“可我只有一种智慧。它告诫我赶快逃跑。今天我就要带上我的太太趁早逃到另外一口池塘去。”天一黑，青蛙便同他的太太离开了这口池塘。

第二天一早，渔夫们真的来了。他们用一张大网将池塘罩住，所有没走的水族：鱼、乌龟、青蛙、虾，等等，几乎无一漏网。虽然足智多谋的“有一千种智慧”和“有一百种智慧”，带着他们的太太在那些秘密的角落逃来逃去，但最终仍然全被抓住了。

中午，渔夫们高高兴兴地回去了。青蛙“只有一种智慧”看到渔夫们从他新居旁走过，便对他的太太说：“你看，亲爱的，快看！有一百种智慧的先生躺在头顶上，有一千种智慧的先生挂在绳子上，而仅有一种智慧的先生，却自由自在地活得和过去一样。”

（吴冀风译）

导读

这则印度寓言的寓意主要有两层：一是聪明反被聪明误。自恃自己有智慧，反而送了性命。二是劝诫人们要听朋友的忠告。自命不凡的人往往都听不进别人的意见，结果只会自作自受。

【日本】山口今日

猫头鹰和燕雀

猫头鹰和燕雀住在同一棵树上。一天，燕雀对猫头鹰说："你的眼睛白天看不见东西，太可怜了！你可知道，外面风和日丽，山清水秀，风景多宜人哪！"

猫头鹰安详地站在树枝上，对燕雀说：

"是呀，在白天，我的确是没有一点办法呀。"

一天夜晚，狂风刮倒了猫头鹰和燕雀居住的大树。这时，猫头鹰立即飞到另一棵树上建起新巢，而燕雀却由于眼睛在黑夜看不清方向，撞到崖壁上，受了重伤。猫头鹰飞到燕雀身旁对它说：

"燕雀先生，晚上看不见东西也很糟糕吧！"

（王敏译）

导读

山口今日，日本当代作家。这则寓言告诉人们，每个人都有长处和短处，不能只见到自己的长处，更不能用自己的长处取笑别人的短处。燕雀因为自己的无知和好胜，得到了教训。

【希腊】伊索

顽童和青蛙

一群顽童在池塘边玩耍，看见水里有许多青蛙，就用石子儿打他们。

“喂，停一下，”一只胆子较大的青蛙把头伸出水面，叫喊起来，“想一想，再往这儿扔石头，你们的快乐是我们的死亡哩。”

（罗念生译）

导读

伊索是生活在公元前6世纪中叶的寓言诗人，公认的西方寓言之父。伊索原是一个家奴，后来获得了自由。他的故事得到了吕狄亚国王克利萨斯的赏识，据说还当上了国王的顾问和使节。伊索的死也与寓言有关，可以说是成于寓言也毁于寓言。据说他作为使节出使戴尔波伊时，讲了一个《鹰和屎壳郎》的故事，戴尔波伊人以为伊索是在侮辱他们，将他的话理解为暗指他们是靠别人养活的。为了报复，戴尔波伊人设计陷害伊索，一代伟人被人从悬崖上推了下去。

《伊索寓言》并非伊索个人的作品，而是古代希腊寓言的荟萃。公元前8世纪至伊索生活的时代则是《伊索寓言》形成的最重要时期。到了公元前5世纪，希腊人便把各种各样来源的寓言统称为“伊索寓言”。伊索寓言大部分以动物作喻，短小精悍，内容丰富，含意深刻。据说，在雅典，从公元前5世纪开始，伊索寓言便成为儿童故事的主要内容来源。雅典规定：父母是公民的，男孩子从8岁到18岁要接受正规教育。所开设的文法课中，规定学生要阅读荷马史诗、伊索寓言及其他公认的范文。低年级学生从寓言中学习民众的智慧，高年级学生则利用寓言进行修辞训练。伊索寓言以其精彩的故事与深刻的寓意，成为教育儿童最好的文学读物之一。

《顽童和青蛙》这则小寓言告诫人们：凡事应事先考虑到它对别人所可能产生的影响，不为他人着想，自己的快乐可能就是他人的祸害。绝不能把自己的快乐建立在他人的痛苦之上。

【希腊】伊索

农夫和蛇

一个冬日里，农夫走在回家的路上，发现篱笆旁有一条冻僵的蛇。农夫很可怜它，便把它捂在怀里带回家去。

温暖的炉火使蛇活过来了。但是，那蛇一感到温暖，便举起头来，想咬他的恩人。

“哎呀！”农夫说，“这就是你报答我的方式吗？现在你该死了，越快越好。”农夫举起棍子，一棍子把蛇打死在脚下。

（罗念生译）

导读

《农夫和蛇》是伊索寓言中的名篇。很有意思的是，这个寓言有不同的版本，请看下面的同名寓言：

在冬季，一个农夫看见一条冻得僵硬的蛇，他很可怜它，就将它拾起，放在自己的怀中。那条蛇受了热气的温暖，不久便苏醒过来，当它一恢复本性，就咬它的恩人，给了他一个致命伤。那农夫临终时说：“我去可怜忘恩负义之徒，应该受到这样的惨报！”

恩惠虽大，终于束缚不住忘恩负义的人。

两则寓言故事都谴责了忘恩负义的行为，但故事的结果却完全不同，一个结果是农夫打死了忘恩负义的蛇，另一个结果是忘恩负义的蛇咬死了农夫，两相对比，从正反两方面揭示了一个共同的寓意：不要怜悯蛇一样的恶人。只是后一个故事的悲剧色彩更让人警醒，尤其是农夫那渗透着无限遗憾、凄楚的遗言更加震慑人心。

【希腊】伊索

龟兔赛跑

乌龟和兔子争论谁跑得快。他们约定了比赛的时间和地点，就出发了。兔子自恃天生腿快，对比赛毫不在意，竟躺在路边睡觉去了。乌龟知道自己走得慢，一直向前，毫不停歇。这样，乌龟从睡着的兔子身边爬过去，夺得了胜利的奖品。

这故事是说，奋发图强往往胜过恃才自满。

（罗念生译）

导读

《龟兔赛跑》的故事是人尽皆知的伊索寓言中劝人勤勉的名篇之一。这个故事由一快一慢两个形象举行赛跑，把人带入了一个竞技故事之中。而比赛的结果却出人意料，引发人们对主观努力与客观条件关系这一问题的哲学思考。“兔子自恃天生腿快”和“乌龟知道自己走得慢”这种“自恃”和“知道”都是作者加在动物身上的意识，为篇末点题（“奋发图强往往胜过恃才自满”）埋下了伏笔。

【希腊】伊索

蚂蚁和鸽子

蚂蚁口渴，爬到泉边喝水，被流水冲走，快要淹死了。鸽子见了，折下一根树枝，投到泉水里。蚂蚁爬上去，保全了性命。

后来，捕鸟人走来，接好粘竿，想捉那鸽子。

蚂蚁见了，就在捕鸟人的脚上咬了一口。

捕鸟人觉得疼，扔下了粘竿，鸽子立刻惊跑了。

（罗念生译）

导读

这是一则“以恩报恩”、劝人乐助的典型寓言。一个偶然的机会，鸽子救了蚂蚁，但鸽子当时根本没想到还会得到蚂蚁的回报，而正是这只蚂蚁以自己的方式救了鸽子一命。这真是善有善报，救人等于救己。

【希腊】伊索

鼓破肚皮的蛙

一只蛙带着孩子在水草丛里坐着，他瞥见了岸边有一头牛在寻找食物，就马上想使自己变得跟牛一样大，因此他尽力把自己的肚皮鼓起来。“现在我跟牛一样大了吗?”他问。“没有。”孩子们回答。于是他又鼓得更大了一些，又问：“现在我够大了吗?”“不，你还不够大。”孩子们回答。听了这话，蛙就不断地鼓着，鼓着，终于鼓破了肚皮。

谁想跟伟大的强者一比高低，而自身又缺乏必要的条件，只能落得一个悲惨的下场。

（吴冀风译）

导读

“攀比”是人类普遍存在的一种现象，但它的来源，可能是人的上进心，也可能是人的虚荣心。所谓“上进心”，即要求进步，不甘落后，敢于与强者比高低。然而，如果这种追求是超越了自身能力的极限，要办自己根本办不到的事，就是虚荣心在作祟。虚荣心一旦膨胀，其结果就只能是自讨苦吃，自作自受。这则寓言通过蛙的悲惨下场劝诫人们：凡事应实事求是，不要追求不切实际的东西，不要无条件地与别人攀比，因为这样做的结果只能是自己害自己。

【希腊】伊索

乌鸦和水罐

一只口渴的乌鸦，看到地上有一罐清水，高兴极了。她冲着水罐飞下来。但是，唉！她的希望落了空。尽管罐子里装着半罐水，可罐口很深，乌鸦的嘴怎么也够不着。

她想把罐子啄出一个洞，可是水罐太硬。

她想把罐子推倒，可水罐又太沉。

在她正要失望地离开时，忽然瞥见水罐周围有一些小石子，心中便想出了一个好主意。最后，乌鸦把小石子一颗颗衔进罐里，水一点一点升高了。她终于满意地喝了个够。

（吴冀风译）

导读

常言说得好：急中生智。这只口渴的乌鸦就是一例。这是一则智慧寓言，非常有趣，内含科学道理，经常被选入小学教材，让孩子们在阅读故事的同时启迪智慧。这则寓言还告诉人们：凡事应多动脑筋，同时，如果有了好的主意，还要有耐心去实现它。也就是说，聪明和耐心常常使人如愿以偿。

【希腊】伊索

蟹和蟹妈妈

老蟹对小蟹说："我的孩子，你为什么走起路来东拐西弯的？要直走！"

"我愿意有好看的姿态，妈妈，"小蟹说，"你要是教教我走的方法，我就试试向前直着走。"

"当然，喏，不是这样走法吗！"蟹妈妈说，这时她向右边走。"不，要这样！"她的脚又向左边歪去。

小蟹笑了。"在你自己学会了直着走的时候，你才能教我哩。"小蟹说完，又走出去玩耍了。

（吴冀风译）

导读

这是一则教育寓言。作者巧妙地借用蟹类"横行"的行走特性来比喻人类社会现象，母亲要孩子"直走"，却不能给孩子做示范，从而被孩子笑话。这让人自然而然地想到"身教重于言教"这一教育名言。当然，对于这则寓言的寓意，还可以作多方面的联想，譬如，从母蟹自己不能"直走"，却要求孩子"直走"，让人联想到中国一句俗语："看事容易做事难"；从小蟹拒绝接受母亲的要求来看，又让人思考，如果别人提的意见是正确的，就不应苛求别人，更不应该把别人的缺点作为自己改正错误的挡箭牌。从不同的角度去理解会得出不同的教训，这也是这则寓言的魅力所在。

【希腊】伊索

驴子和骡子

有一个赶车的，赶着一头驴子和一头骡子动身出门去了。驴子和骡子都驮着重东西。

驴子起初在平地上还能稳稳当当地走，可是到了一座大山脚下，要走上陡坡，就觉得有点儿受不了了。他要求骡子代他担负一小部分，好让他把大部分东西驮到家里。

可是骡子不答应。

不久，他们走到一个荒僻的地方，驴子累得筋疲力尽，一跤摔倒，死了。

赶车的无法可想，只好把原来归驴子驮的东西都加在骡子身上，连剥下来的一张驴皮也放了上去。

骡子驮着这么多的东西，一边叹气一边对自己说：

"唉，真是活该！当初驴子要我帮他一点儿忙，要是我答应了，现在也不至于除了驮上他驮过的东西，还得驮他的臭皮囊了。"

（张沛霖　杨颜劬译）

导读

这则寓言与"以恩报恩"的《蚂蚁和鸽子》属于同一主题的正反两个方面。《蚂蚁和鸽子》说的是"善有善报"，这则《驴子和骡子》说的是"恶有恶报"。骡子不肯帮助驴子，结果害死了驴子，而它自己也没有得到好处。骡子的咎由自取，在于它不了解事物间往往存在一时看不清的内在联系，而当它认清这种内在联系时，为时已晚了；还在于它不了解帮助往往是相互的，不了解当初若是帮助了驴子，便等于帮助了自己。等驴子认清了这一点时，已无法弥补了。做人也一样，每个人都处在复杂的社会关系中，“人人为我”与“我为人人”是相互的，要想得到别人帮助，自己应该乐于助人。

【希腊】伊索

一件值得再做的好事

几只淘气的小老鼠，胆大得竟敢在一只正在睡觉的狮子周围蹦蹦跳跳，而且，看见狮子一动不动，他们竟然爬到了他的身上，开始跳起舞来。狮子突然醒来了，飞快地抓住了他们中间的一只。

“哎呀，请您饶了我吧！我愿意忠心地伺候您。”狮子不由得大笑起来，然后放了老鼠。

过了不久，狮子落进了猎人的网里。他使劲挣扎，却没有办法逃脱。这时小老鼠过来了，开始咬绳网。他只能咬断一根绳圈，然而这就足够了，其他的绳圈都松开了，狮子终于从绳网中逃出来。

任何强大的人，总有可能需要比他卑微的人的帮助。

（吴冀风译）

导读

劝人行善是文学作品永恒的主题之一。这则寓言虽然也是报恩主题的，但有了新的境界。在大多数寓言里，一般总是卑微的动物先做好事，而且希望得到报答。但是在这则寓言里，却是百兽之王表现出慷慨大度而不求报答。然而，事情的变化真是出人意料，被狮子放了的小老鼠却救了狮子一命。强大的狮子与弱小老鼠的故事告诉人们：任何强大的人，总有可能需要比他卑微的人的帮助。狮子放了老鼠虽是举手之劳，却因此救了自己的性命。人们之间的相处，也应该从中吸取教训。

【希腊】伊索

野山羊和牧人

牧人把羊赶到草地去放牧，发现自己的羊同野山羊混在一起。傍晚，牧人把他们都赶进了羊圈。第二天，起了风暴，牧人不能把羊赶到常去的草地，只好在圈里喂养。他扔给自己的羊有限的饲料，仅仅只是不让他们挨饿，而为了使外来的羊变成自己的，他给他们堆了多得多的饲料。风暴停息以后，牧人把羊赶到草地去，那些野山羊却爬上山逃跑了。这时，牧人责备野山羊忘恩负义，怪他们得到特殊照顾，却扔下他走了。野山羊回过头来说道："正因为如此，我们更应该当心，因为你照顾我们这些昨天才来的比那些早就跟你在一起的还要好，很明显，假如以后又有别的野山羊前来，你又将偏爱他们，而不爱我们了。"

（吴冀风译）

导读

这则寓言写了牧羊人事与愿违，没有留住野山羊，反而损失了饲料的故事。野山羊从牧羊人优待自己的事实中得出结论：像牧羊人这样工于心计的人不可靠。由此讽刺了那些心术不正的人，揭露了他们友好外衣下的险恶用心，提醒人们注意，那些对你特别亲近的人，往往是别有用心的，小心别上他们的当。

【希腊】伊索

小偷和他的母亲

一个小学生偷了同学的一本书，带回家里给他的妈妈。妈妈没有训斥他，反而夸他有本事。后来，孩子长大成人，也越偷越大。最后一次，他被人当场捉住，要被处死。

在绑送刑场的路上，他看见妈妈站在人群里痛哭，便请求行刑的人允许他跟妈妈私下说一句话。妈妈连忙走上前来，把耳朵凑到儿子嘴边。不料他紧紧地咬住妈妈的耳朵，一下子把它咬掉了。

妈妈痛得高声嚎叫，所有在场的人也都和她一起责备这不孝的儿子。他们说：“难道你从前所犯的罪还不够吗？死到临头对母亲还要再犯最后一次不孝的罪。”

儿子回答说：“就是她使我有了今天这个下场的呀。我当初把同学的书偷回家，如果她狠狠打我一顿，我今天就不会死了。”

（吴冀风译）

导读

中国有句俗话：小洞不补，大洞一尺五。说的是衣服在破了一个小洞时，就要及时补上，否则就会越破越大，直到无法再补。人的行为也是如此，古代圣贤就教导人们：“勿以善小而不为，勿以恶小而为之。”就像这则寓言中所写的，从小养成了恶习，长大后懊悔已经来不及了。所谓“小时偷针，大时偷金”，就形象地说明了儿童期行为对长大后的影响。这则寓言中让人深思的是儿子在绑送刑场路上咬掉了母亲的耳朵和所说的一段话，无疑是儿子对母亲教子无方的声讨和控诉，教育者都应从中吸取教训。

【希腊】伊索

说谎的孩子

从前有个放羊的男孩子，他每天早晨把羊赶到山坡上吃草，每天傍晚赶羊回家。

一天，那孩子感到又厌烦又焦躁，因为从早到晚除了看羊吃草，就无事可干。如果现在有狼来袭击我的羊群，有没有人来帮助我呢？那孩子心里想着。

他决心试一试。“狼来了！狼来了！”那孩子高声叫喊。

村里的人听到呼救，纷纷从家里冲出来——可他们哪会看到狼啊。

有两三回村里人惊慌地跑来，随即又笑着、骂着回去了。

后来，在一个冬天的傍晚，男孩子正打算把羊赶拢来回家时，一只狼真的来了。他从羊群发出的惊恐的咩咩叫声，意识到狼就在不远的地方；接着，他就发现一个长长的、灰色的、模糊的影子。放羊的男孩子吓坏了。

“狼来了！狼来了！”男孩子一边放声呼喊，一边向村子跑去。然而，这一次村里的人没有出来打狼。其中有一两个人在干活儿，只是抬起头朝他这边看了看，没有理睬他，他们以为男孩子又在开玩笑哩。

男孩子找不到人帮忙，结果狼把他的羊全吃掉了。

（罗念生译）

导读

这是一则著名的道德寓言。它告诉孩子们：做人要诚实，因为谁也不会相信爱撒谎的人说的话——哪怕他说的是真话。本来开开玩笑，也算是生活中一种小小的调节剂，能让人轻松快乐。但开玩笑一定要注意时间、地点、性质和分寸。像寓言中的孩子这种恶作剧式的玩笑，在他自己看来一定很有趣，自鸣得意；但对被愚弄的村民来说，这孩子是在说假话。既然假话说过一次、二次、三次，有谁能说这第四次、第五次不是假话呢？孩子的羊全被狼吃掉了，可以说是因为孩子习惯说谎导致的，但令人深思的是，孩子固然不能说谎，那么大人呢？大人为什么不在他第一次或第二次恶作剧时，严厉地训斥他，告诉他这样做可能带来的后果呢？如果村民不是“笑着、骂着回去”，孩子就不至于接二连三地重施故伎了。这样看来，村里人不是一点责任没有的。这一点，不也给今天的人们一些启示吗？

【希腊】伊索

乡下姑娘和她的牛奶罐

一个乡下姑娘顶着一罐牛奶在路上走。她一边走,一边胡思乱想:

"我把这罐牛奶卖了,可以去多买一些鸡蛋。我有了三百只鸡蛋,就算这些鸡蛋里有坏的,不出鸡的,至少也能孵出二百五十只小鸡。小鸡长到能卖时,肯定好卖个高价,那我就有钱买一件最漂亮的新衣服了。"

"不知道我该买什么颜色的衣服。绿色的——让我想想看——对了,绿色最配我的皮肤,我穿绿色的衣服最合适,最好衣服上镶一道大褶子的宽边儿。啊,集市上所有的小伙子都想和我跳舞。"

"不过,我不跟他们来往,"她自言自语,"我要叫他们个个碰钉子。我要轻蔑地把头一扬,转过身去不理他们。"

想到这儿,她骄傲地把头一甩。

不幸的是,她忘了头上还顶着一罐牛奶。牛奶罐跌下来,牛奶全泼在路上。

"噢,我的漂亮的绿衣服啊,"乡下姑娘哭着说,"噢,我的小鸡啊!噢,我的鸡蛋啊!噢,我的牛奶啊!"

(罗念生译)

导读

这则寓言是劝告人们不要得意忘形,但给人印象很深的是对牛奶姑娘的心理描写逼真而传神,她的"胡思乱想"启示人们:不要把美好的理想建立在层层假设之上。牛奶姑娘"骄傲地把头一甩",不仅理想破灭了,连已经拥有的一罐牛奶也赔上了,真是"乐极生悲"。

【希腊】伊索

云雀和她的孩子

春天，云雀在嫩绿的麦垄上筑巢。到夏天，她的小鸟渐渐健壮起来，同时麦子也长高了，紧紧围绕着鸟巢。

临近秋天，雏鸟成长到能够飞翔了，麦子也接近成熟了。

一天，麦垄的主人来了，小云雀听他对儿子说："麦子要大丰收。我要邀请邻居们来帮助咱们收割。"

小鸟听了很惊慌。它们几乎等不到母亲回来把它们搬到安全的地方去。

"还用不着搬哩，我的孩子。"妈妈说。第二天早晨，她照常外出，嘱咐孩子，农人再来时，细听他说什么，记清楚，以便妈妈回来时如实报告。

几天以后，田主又来了，小鸟们热心倾听，期望得到更多的消息告诉妈妈。

"邻居们已经不来了，"农人说，"去请你的叔父、叔伯兄弟来帮助咱们，麦子快要熟透了。"

"我们现在必须搬家！我们一定要搬家！"小云雀说，"否则割麦人来了，就会把咱们杀完。"

"还是不忙搬，"妈妈说，"他只是请朋友来帮忙，不用害怕，不过，倘若他再来，要留心听着。"

不久，他来了。看到麦子已成熟很快要落粒，他说，"明天咱们自己来割麦。"

当小鸟将这话告诉妈妈时，她说："我的孩儿们，现在是咱们搬走的时候了，因为农人这次已下了决心。他不再找别人给他干活，而是决心自己干了。”

自力更生，远远胜于求他人帮助。

（吴冀风译）

导读

这则寓言充满诗情与哲理。作者巧妙地以云雀母子的三次对话来结构故事，层层递进地揭示出寓意，全篇有着诗的旋律、童话的意境与哲理的意蕴。故事中云雀妈妈的形象非常鲜明，她经验丰富，遇事肯动脑子，沉着应付，对孩子循循善诱。她决定何时搬走和为什么要搬走的言行，实际上是在实践中向下一代传授一种生活经验和人生感悟，让孩子们从中学会一种生存的本领和明白“自力更生”的意义。

【罗马】费德鲁斯

蜜蜂和雄蜂

蜜蜂在一棵高大的橡树上筑了蜂巢。一些懒惰的雄蜂认为这是属于他们的。这个案件告到了法庭，黄蜂担任了法官。他对两个种族都很熟悉，便向双方提出了这样的条件："你们的模样很相像，你们的颜色也很相像，因此这案件自然地成了一件疑案。但是我的神圣职责不允许我因为知识的欠缺而产生错误。你们各自进巢去，把你们的产品灌进蜡制的蜂房，让蜜的芳香和巢础的形状来决定谁是巢的建造者，并以此作为解决眼前争端的证据。"雄蜂反对，蜜蜂却很赞成这个建议。于是黄蜂作出了如下的判决："谁能干，谁不能干，已经显而易见，因此，我把蜜蜂的劳动果实判给蜜蜂。"

（吴冀风译）

导读

古罗马的费德鲁斯（约公元前15—约公元50）是马其顿人，曾沦为奥古斯都大帝的奴隶，获释后依据伊索寓言或现实生活，还利用神话传说、民间故事及哲学格言等进行创作，代表作有《寓言集》5卷，现存123则。费德鲁斯的寓言富于哲理含义，耐人寻味。大约到10世纪，罗慕路斯把费德鲁斯的寓言改写成散文。中世纪所有的寓言集都来自这些素材，并对拉·封丹和克雷洛夫的寓言故事创作产生了一定影响。

《蜜蜂和雄蜂》是一则典型的英国寓言。聪明的法官黄蜂正因为"对两个种族都很熟悉"，才巧妙地设计了解决问题的方案，还给蜜蜂一个公道，也在事实面前揭露雄蜂贪他人之功为己有的掠夺虚伪的嘴脸。雄蜂与蜜蜂对那个建议的截然相反的态度就说明了问题的全部。这则寓言说明了事实胜于雄辩的道理，警告雄蜂那样的掠夺者，要想拥有，就得自己去创造，不劳而获，甚至掠夺他人的劳动成果，不仅是可耻的，也是一种违法行为。

【罗马】费德鲁斯

狼和狗

一天，狼和狗在森林里相遇了。狼问狗道："兄弟，你怎么能养得这么好？皮毛都光亮得渗油了。"狗答道："喔，是这么回事：我是房屋的看守，无论是小偷还是强盗，没有哪个敢于往屋里走近一步。我只要一报告小偷来了，就能得到很多吃的。主人还会赏给我一根很大的肉骨头，其他人对我也是如此。佣人们非常喜欢我，总是将桌上吃剩的食物或者他们有谁不爱吃的东西，统统掷给我。也就是说，我一直是吃饱喝足的。那还用说，自然毛光皮亮了。我躺在房门底下，深受宠爱，从来连滴水都没缺少过。我享受这一切，而工作却并不多。"狼一听，说道："啊，兄弟，你过着多么舒适的生活啊！但愿我也能这样就好了！要是我能到处游荡，又能舒舒服服地吃饱喝足，有一块完全可靠的栖身之地，过着无忧无虑的富足生活，那该多好啊！"狗答道："要是你愿意的话，那就跟我一起来，你终身都用不着愁吃愁喝的了。"狼高兴地点头同意。它们俩便一起继续散步。

它们俩肩并肩地走着。突然，狼发现狗的颈子上有一圈皮毛都被磨得光光的了。它站住问道："兄弟，你颈上的毛怎么都快被磨光了？颈上的皮怎么会被擦伤得如此厉害？"狗答道："是这样的：我性野狂暴，为此，白天人们便将我用铁链锁着，夜间才放我出来，随我在房子四周游转。哪里合适，我就在哪里躺下睡一会。"

狼一听，忙说："啊，我再也不向往你所得到的那种舒适生活了。我宁愿自由自在地在田野上游荡，随心所欲。没有什么链条会锁着我，即使最无聊时，我也赞美这种自由。我无须为明天而操心。我能巧妙地将所有的猎狗哄骗，难道我还算不上畜群中真正的主人么！

好啦，你就照现在这个样子生活下去，而我还是过我原来那种生活吧！”

于是，它们友好地告别，分道扬镳，各走各的路了。狗回到它的主人那儿，狼依然流落荒野。

（袁丁译）

导读

这是一则哲理性寓言。作者一反人们对狼和狗的习惯认识，不是将狼作为贪婪残忍的反面形象，也不将狗描绘成忠诚的卫士，而是从一个全新的审美视角，通过处境不同的狼、狗对话，将它们的性格与追求作了强烈对比，以狗的贪图安逸、甘愿寄人篱下的习性反衬狼的自由至上、独立不羁的性格，将狼塑造为一个无比珍爱自由的战士形象。自由与舒适往往是一对矛盾，两者难以兼顾。狗为了多享受少工作，它只有以自由为代价，甘愿白天被人们用铁链锁着；狼“宁愿自由自在地在田野上游荡，随心所欲”，结果它只有“流落荒野”。狼和狗的不同价值观和生命追求，也正代表了人类两种截然不同的人生态度，而作品的倾向性非常明确，歌颂了狼对自由的热爱和追求，尤其是狼最后那段内心剖白，犹如一首自由的颂歌，发自内心，催人警醒，又给人一种高亢、壮烈的感受，甚至还可以感受到一种现代人的精神气质。

【罗马】巴布里乌斯

忠 告

两位朋友一起外出散步。突然一只熊出现在他们面前。其中一人非常害怕，爬上了一棵树。另一个人扑倒在地，假装死了。熊把躺在地上的人从头到脚嗅了一遍，但是由于那人一动不动，而且尽可能屏住呼吸，熊以为他真的死了，就走开了——因为人家说，熊不吃死人。

熊走远了后，另一个从树上爬下来，他想知道熊对他的伙伴耳语了些什么。“它给了我一个忠告，”他的伙伴回答，“它告诉我，绝不要再和一见危险就自己逃跑的朋友一起外出。”

（吴冀风译）

导读

巴布里乌斯是大约公元2世纪时生活在叙利亚的一个罗马人，他在那里收集希腊的寓言。虽然人们一向知道他的存在，但是他的作品的手抄本却到100年前才在希腊圣山的修道院里被发现，收诗体寓言140则、散文寓言约60则，是现存最早的希腊寓言集。

《忠告》是一则家喻户晓的道德寓言，讽刺了那些在危险面前只顾个人逃命、不顾朋友死活的虚伪者，告诫人们不要同这类人交朋友。真正的朋友应该是能够共患难的。

【罗马】罗慕路斯

老实人、马屁精和猴子

一对伙伴在外漫游，他们一个是老实人，一个是马屁精。两人游历了很多地方，最后来到猴子国。

猴民们抓住了这两个不速之客，带他们去见猴王。

“我是谁？”猴王当着集合起来的猴民们的面，问两个俘虏。

“你是国王。”马屁精抢着说。

“那你看看两边站的是谁？”猴王又问。

马屁精马上答道：“啊，大王，这不是你的骑士吗！这些是你的谋臣文官，那边站的都是你手下的元帅和将军，而那边是王室的总管、内监、宫廷司仪、酒官，随班侍从以及尊贵的王室成员。”

猴王一听大喜，下令重赏马屁精。接着，又问老实人：“现在你也对我说说，我是谁？这些站在我边上的又是什么人？”

老实人说惯了老实话，脱口说：“你是一只猴子，你左边是猴子，右边是猴子，周围站着的全都跟你一模一样，全是猴子。”

猴王一听大怒，命令猴民们上去，狠狠地咬他，抓他，重重地惩罚了这个说真话的老实人。

（吴冀风译）

导读

罗慕路斯是什么人，后世知道的人不多。人们只知道他大约生活于10世纪。他改写了费德鲁斯的寓言（费德鲁斯把伊索的寓言改写成韵体文），很多中世纪的寓言作家通过他的改写本而知道了伊索。

《老实人、马屁精和猴子》是一则讽刺寓言。本来说老实话、办老实事、做老实人是一种美德，但对高高在上、听惯了奉承话的猴王来说，你要实话实说，尤其是将它与周围的猴子同日而语，那就犯了大忌。马屁精善于拍马奉迎，就是看中了猴王爱受奉承的心理，投其所好，让猴王大喜。故事虽是虚构的，但这种事现实中并不少见，有些人爱听表扬话，听不进批评意见；爱听奉承话，听不进老实话。如果有谁敢于说破真相的话，他就会像故事中的老实人那样，受到惩罚。这则故事还让人联想到，社会风气不正，固然与拍马者的投机钻营有关，但更重要的是领导者的素质和态度。领导者奖赏拍马者、重罚老实人，必然助长了这一歪风邪气；领导者如果奖赏老实人、重罚拍马者，那情形一定是正气得到伸张。

【罗马】罗慕路斯

感恩的狮子

从前，有一只狮子在丛林中迷了路，正当他徘徊的时候，一根长刺扎进了他的爪子。由于没能拔出这个刺，过了不久，爪子化脓，狮子瘸了，十分痛苦。游荡了很久之后，他遇到了一个牧人。他摆动着他的尾巴，走上前去，把那只爪子伸了出来。牧人被吓昏了，急忙牵来他的羊想哄住狮子。可是这只狮子并不需要食物，而是想要治疗他的疼痛。因此他把爪子放到牧人的膝头。见到那个化脓的伤口，牧人便从口袋里掏出一把锋利的刀，切开脓肿，取出了棘刺。狮子解除了疼痛，感激地舔舔牧人的手，然后跟他待了一会儿，直到爪子感觉完全好了，才起身走了。

过了些时候，狮子被捕住并被送往竞技场，在那里犯人将被扔到他的面前，随他处置。在这同时，那个牧人尽管无辜，没犯任何罪，却被判处了死刑——将被扔到竞技场里一只野兽的面前。

那只狮子刚被放进竞技场，牧人也被赶了进来。那猛兽狂怒地扑向他的猎物。然而，当他认出牧人的时候，就跑到他的面前，舔起他的手来。然后，他抬起头，向着观众大吼了一声，接着平静地坐在他的朋友身边。

直到这个时候，牧人才认出，这就是很久以前他在森林中帮助过的那只狮子。突然，竞技场里又放进了两只狮子。可是牧人的朋友拒绝离开他，并且轰走了另外两只狮子。牧人对捕捉他的人讲了这件怪事的原因，前来观看竞技的观众要求赦免牧人，并且恢复狮子的自由。就这样，狮子返回了丛林，牧人也返回了家园。

（吴冀风译）

导读

这则寓言历来受到选家的重视，还曾被许多作家作为素材，如萧伯纳的《安德鲁克勒斯和狮子》。这则寓言之所以具有广泛的影响，首先在于这是一个极富传奇色彩的故事，惊心动魄，让你不得不被作品中的情绪感染，提心吊胆地看到末尾，最后才舒了一口气，发出会心的一笑。其次是劝善报恩这一文学的永恒主题，最近于人情人性，感人至深。中国有句古谚：滴水之恩，当以涌泉相报。知恩图报乃是全人类共通的一种基本道德。然而在古罗马的斗兽场，逼迫犯人同饥饿的猛兽相搏斗，这是何等残酷的人间现实；“打开铁门，那头饿慌了的狮子咆哮着冲出来”，这情景让人不寒而栗。可就是这头狮子，它居然具有人性，没有忘却牧人的恩惠，而且救了这个牧人。人兽世界的鲜明对比，又使作品具有强烈的批判现实的讽刺力量。

【罗马】里米齐乌斯

诚实的樵夫

从前，有个樵夫。一天，他到森林里去砍一棵树。这棵树就长在一条祭祀麦库尔神[①]的河边。砍树时，他一不小心，将斧头掉进水里，再也没法捞上来了。他非常伤心，绝望地坐在河边，不禁难过地哭起来了。樵夫的眼泪感动了麦库尔神。他突然出现在樵夫的面前，亲切地问道："你为什么哭泣？"樵夫答道："我的斧子掉进河里了，再也找不到它啦。"这时，麦库尔神从怀里取出一把金斧子，问道："你丢失的是这把斧子么？"樵夫答道："不，不是这一把。"说着，麦库尔神又取出一把银斧头，问："这把斧子是你的么？"诚实的樵夫仍然摇摇头说："不，不是的。"最后，麦库尔神拿出一把铁斧子给他看，樵夫马上喊道："对，这把正是我的斧子。"麦库尔神见这个贫穷的樵夫如此正直诚朴，便将这三把斧子统统送给他了。

樵夫高高兴兴地回家去了。他向伙伴们讲述了这件事。有一位伙伴怎么也不肯相信，并且怀疑樵夫的那些斧子是偷来的。他急忙赶到河边，将自己的斧子掷进水中，然后坐下来哭泣。麦库尔神又出现了，问他为什么要哭。麦库尔神听说他也是掉了斧子，便取出一把金斧头，问道："这是你掉的那把斧子么？"这伙伴忙说："对，不错。"麦库尔神对这种恬不知耻的谎言非常生气，他收起了金斧子，转身便走，连这位伙伴自己原来的那把斧子，他也不再归还了。

（袁丁译）

---

① 麦库尔神：罗马神话中的商业之神。

导读

里米齐乌斯，生卒年不详，古罗马哲学家。这则寓言告诫人们：为人处世一定要诚实。很难说这则故事是在里米齐乌斯笔下第一次被创造出来的，但它确实是西方人向孩子进行诚实教育的常识性故事。不仅如此，在我国民间也流行着十分相似的《金斧头》的故事。20世纪50年代初，我国寓言作家鲁风就以民间故事为基础，创作了同名寓言故事。提倡诚实，反对虚假，这是中外共同的道德观。财迷心窍，就必然因贪财而说谎言、做假事，即使偶有所得，也于心有愧，而事实上十有八九是要被自己的谎言假事所自毁，像故事中樵夫的伙伴那样，连自己的铁斧子也得不着，只好带着羞愧空手而归。

【德国】斯坦因霍威尔

感恩的蚂蚁

一只渴极了的蚂蚁，小心谨慎地爬下井去，但是正当他要喝水的时候，却掉进了水里。井边有一棵大树，有一只鸽子正栖在上面。鸽子看见蚂蚁躺在水面上，便用嘴从树上折了一根小树枝，扔到井里。蚂蚁爬上树枝得救了。这时有一个捕鸟人走过这里，想要捉住鸽子。他在一根长竿头上插一根涂了胶的细枝。蚂蚁发现他正在做的事情，便爬去咬他的脚，那人吓了一跳，长竿掉在了地上。响声惊动了鸽子，她立即飞到空中。这样她免于一死，她的好心得到了蚂蚁的报答。

（吴冀风译）

导读

海因里希·斯坦因霍威尔，生卒年不详，德国古代的第一位寓言作家。他把希腊寓言改写成德文，使没有学过拉丁文的普通读者也能看懂。他的寓言集出版于1480年前后。

《感恩的蚂蚁》也是一则知恩报恩的道德寓言，但它与所有同类的寓言一样，给人们两点启示：其一是万事万物之间存在着说不清的或偶然或必然的联系，或者说，没有一样事物在世间是孤独地存在着的，正像鸽子救蚂蚁出自偶然，单看是一个孤立事件，但却与后一个事件——蚂蚁救鸽子有着必然联系。这也劝导人们“勿以善小而不为”，多做善事，帮助的是别人，得益的往往是自己。其二是对人类情感道德的一种鞭策。没有理智的动物尚且能知道感恩，那么有理智的万物之灵的人类就更该懂得怎样感恩，学会怎样以德报德。

【德国】瓦尔迪斯

狐狸和鹳请客

狐狸想装装门面，便请鹳到家吃饭。等客人坐到桌边，狐狸端上一只扁平的盘，盘里是很稀的杏仁羹。杏仁羹里加了许多糖，香喷喷的。狐狸将盘子放到鹳的面前，客气地说：

“请随便吃吧，我亲爱的客人！”

可是，这盘杏仁羹薄得像稀粥，鹳刚刚用尖嘴沾到一点点，还没有来得及往下咽，早已从它长长的尖嘴边上流掉了。鹳只好站在边上，看着狐狸如何熟练地转动着它的大舌头，独自乐滋滋地将这盘甜羹舔得干干净净。鹳万分恼火地看着对方是如何津津有味地独自享用着。它十分气愤地回到家里，心想：“我一定要报复你！”

过了一阵子，鹳也回请狐狸。吃饭的时候，鹳给狐狸端上一只玻璃罐子，里面装着喷香的烤鱼。鹳十分客气地说：

“请随便吃吧，我的朋友！你要吃多少，就吃多少！”

可是这只玻璃罐子有一个又长又细的颈子，狐狸再怎么使劲，也叼不出一条鱼来。鹳却用它那张又长又尖的嘴，一条接着一条地从玻璃罐中将鱼叼出来，吃得津津有味。狐狸只好无可奈何地在旁边看着。这实在是万分恼火的事，何况玻璃罐子里面烤得松脆的鱼又是看得如此清清楚楚呢。对于诡计多端的狐狸来说，这可是从来不曾碰到的事。

（袁丁译）

导读

布尔夏德·瓦尔迪斯(1490—1556)是15世纪的德国作家。他根据民间故事加工创作的寓言《狐狸和鹳请客》内容精彩,寓意鲜明。它告诫人们:不要自以为很聪明,其实,你能耍什么手段,别人也能耍同样的手段。当别人以眼还眼、以牙还牙时,难堪的却是自己。瓦尔迪斯对笔下的人物描写得十分传神,读者可以看到狐狸"如何熟练地转动着它的大舌头",津津有味地将一盘杏仁羹"舔得干干净净";而鹳鸟则从颈子又长又细的玻璃罐子里把"烤得松脆的鱼""一条接一条地"叼出来。具体、细致的描绘,在这里显然取得了使形象更鲜明的作用,因而能给读者留下难忘的印象:不要恶作剧,不要捉弄人,不要自以为得计,否则,人家总会有办法报复你的!

【德国】马丁·路德

老鼠和青蛙

一只老鼠想游过一条小溪，却办不到。于是他去向一只青蛙请求帮助。那只青蛙是个坏家伙，他对老鼠说："把你的脚系在我的脚上，我就游着把你带过去了。"

但是等到他们下了水，那只青蛙却潜到了水下，想把老鼠淹死。老鼠挣扎着要活命，有一只老鹰飞下来，抓起了老鼠——连带着青蛙——都吞了下去。

你要找什么人，应该谨慎。世界上到处是欺诈和虚伪。任何人都有可能对另一个人有所影响，那就是把他拖进罗网。然而欺诈的人常常是自讨苦吃，就像这个故事中的青蛙一样。

（吴冀风译）

导读

马丁·路德（1483—1546）是德国宗教改革家，恩格斯在《自然辩证法》中称赞他对德国语言垃圾做了清扫工作，"创造了现代德国散文"。尽管人们很少把马丁·路德和寓言联系在一起，但是他在宗教改革的言论里大量地运用了寓言。

《老鼠和青蛙》给人们的启示是交友要谨慎，交上了坏朋友，往往会毁掉自己。世界上到处都有欺诈和虚伪，这对入世不深的幼稚者来说，无疑是布满陷阱。然而欺诈的人也常常自讨苦吃，就像这个故事中的青蛙一样。

【德国】马丁·路德

家鼠和野鼠

一天,家鼠在田野里散步,被一只野鼠邀请到家里做客。野鼠非常客气,拿出橡树果、核桃、大麦以及储藏室里所有的东西来招待家鼠。

家鼠却说:"你真是一只可怜的老鼠,你这种寒酸的日子还要在此继续过多久呢?跟我一起走吧!你会看到我生活得多么富裕,你可以尝到各色各样美味的食物。"

它们一起进了城,来到一座华丽的房子里。家鼠就住在这里面。它们马上来到食品库。那里有肉、油脂、香肠、面包、奶酪——应有尽有,取之不尽。家鼠说:"哎,吃吧!尽管吃吧!像这样的食物,我天天享受不尽。"

正在此时,厨师来了。他用钥匙"咔嗒、咔嗒"地开着锁。两只老鼠吓了一跳,赶忙逃跑。家鼠迅速地溜到自己的洞里,野鼠却摸不清东南西北,一会儿跳到墙上,一会儿又跳下来,四处逃命。

厨师走后,家鼠说道:"现在可没有什么危险了,让我们俩在此一起快快活活地吃吧。"

野鼠回答道:"你说得真好!刚才你自己知道赶快找到自己的洞,而我却差点吓死。你还是当你那富有的家鼠,吃着香肠和肥肉吧;而我情愿仍然做一只可怜的穷野鼠,啃啃橡树果。你虽然过得很富裕,但是你在厨师、猫,还有捕鼠器面前,简直没有一刻是安全的。说实话,这整座房子都是与你为敌的;我却是自由自在、无忧无虑地生活在田野之中,住在简陋的小洞里,用不着担惊受怕。"

(袁丁译)

导读

《家鼠和野鼠》是被选家重视的一则寓言故事，与古罗马费德鲁斯的寓言《狼和狗》有异曲同工之妙。富裕的生活往往不仅要牺牲自由，有时还会付出生命的代价。家鼠虽然过得很富裕，但它是在“厨师、猫，还有捕鼠器面前，简直没有一刻是安全的”，而野鼠“却是自由自在，无忧无虑地生活在田野之中”，贫穷但是安心。这使人联想到：在富裕和自由中间如果只能择其一的话，自有人选择富裕，也有人选择自由。人各有志，人人也都有选择自己生活道路的自由，但这则寓言的倾向是明显的，即赞美清贫而自由的生活。

【德国】莱辛

毛驴和伙伴

毛驴陪伴伊索的狮子，到森林去，因狮子想用他的嗓门来代替打猎的号角。毛驴的熟人、另一头毛驴遇到了他，毛驴向他的熟人打招呼："早上好，兄弟！""真不要脸！"另一头毛驴回答。"怎么了？"毛驴不解地问。"就因为你陪着一只狮子，你就比我强了吗？难道你不仍旧是头毛驴吗？"另一头毛驴回答。

（吴冀风译）

导读

莱辛（1729—1781），德国著名作家、德国启蒙运动的杰出代表。他一生写了不少剧本，写了3卷散文体寓言和一些诗体寓言，还有《汉堡剧评》和《拉奥孔》等美学著作。莱辛生活的时代，拉·封丹（1621—1695）的追随者们已经把寓言缩小成攻击社会流行习俗的庸俗工具，而他却让伊索寓言回归到原来的面貌，探求真正寓言的普遍观念。他的作品对弱者和愚者的不幸深表感慨。

《毛驴和伙伴》劝诫人们：不要因为你有好朋友，就把自己看得十分了不起。生活中有些人就是这样，借别人的影响来抬高自己的位置，忘记了自己的本来身份，这是十分浅薄而无知的行为。

【德国】莱辛

不一样，然而不见得好

慷慨的大自然让一头赤鹿活了好几个世纪。有一天，他对他的曾孙说："我还能够记得人类还没有发明他们那带响的火器的时代。"

"对我们的种族来说，那该是多么快乐的时代啊！"他的曾孙叹息着说。

"你过早下结论了，"老赤鹿说，"那时代是不一样——然而不见得好；人类没有火器，但是有弓箭，我们和现在一样不安全。"

（吴冀风译）

导读

赤鹿和人类同是大自然的产物，作为一种不同的生命形态，本来没有高低贵贱之分。人类与动物的关系应该是和谐的，但野生动物却经常受到人类的伤害。人与大自然的对立，必然会带来严重的后果。人类造成野生动物的不安全感，野生动物的灭绝之日，实际上也就是人类的毁灭之时。这则寓言委婉地告诫人们，野生动物的最大敌人是人类的滥捕滥杀。人类应该运用手中的弓箭与火器，保护好野生动物，保护好大自然，科技的进步不应该以破坏大自然为代价。

【德国】莱辛

一只老狼的故事

(1)

一只凶狠的狼上了年纪，于是打定主意要同牧羊人友好相处。它上了路，先到羊群离它洞口最近的牧羊人那里去。

“牧羊人，”它说，“你把我称作嗜血的强盗，可我事实上并不是。当然，我饿了的时候，也不得不去捕食绵羊，饥饿是不好受的。只要我不挨饿，只要把我喂饱了，那你对我会真的感到满意的。当我饱了的时候，我实在是个最和顺、最温柔不过的动物。”

“当你饱了的时候？这也许可能吧，”牧羊人回答说，“可你什么时候才会饱呢？你的贪欲从来是不知足的。滚开！”

(2)

被撵走的狼来到第二个牧羊人那里。

“你是知道的，”它这样开头，“在一年里我能吃掉你好些羊。如果你愿意每年给我六只羊，那我就满足了。这样保你安稳地睡觉，也不必去养狗了。”

“六只羊？”牧羊人说，“这是整整一个羊群呢！”

“好吧，看在你的面上，我五只就满足了。”狼说。

“你在开玩笑，五只羊！我祭祀潘恩[1]，全年还没用过五只羊呢。”

“那四只也不行？”狼继续问道。牧羊人嘲弄地摇了摇头。

“三只——两只？”

① 潘恩：希腊神话中的山林之神。

“一只也不行，”牧羊人回答得很干脆，“如果我用自己的警惕能确保安全，我还向敌人进贡纳礼，那我可真是愚蠢到了极点。”

(3)

“三是个吉祥的数字，”狼这样想着，就到第三个牧羊人那里去了。

它说：“在你们牧羊人中间，我被诽谤成一个最残忍、最不讲良心的动物，这使我很伤心。蒙坦，现在我要向你证明，人们这样对待我是多么不公正。每年给我一只羊，你的羊群就可以自由自在、不受侵害地在那座林子里吃草，除了我是没有任何其他动物敢来侵扰那座林子的。一只羊！那么微不足道！难道我还能做得比这更大方更无私吗？——你笑，牧羊人？你笑什么呢？”

“噢，不笑什么！可你多大年纪了，好朋友？”牧羊人说。

“我的年纪跟你有什么相干？即使再老也能吃得动你那些可爱的羊羔呢？”

“不要发火，老依塞格里姆。我很抱歉，你到这里来提这个建议，未免晚了几年。你那支离破碎的牙齿泄露了你的企图。你装作大公无私的样子，不过是为了更安逸一些，更少担些风险来养活自己而已。”

(4)

狼变得愤怒起来，但它仍控制住自己，到第四个牧羊人那里。恰巧这个牧羊人的一条忠实的狗刚刚死去，狼便利用了这个好机会。

“牧羊人，”它说，“我在森林里和我的兄弟们闹翻了，闹得永远不会和解。我知道你是多么害怕它们！如果你用我来代替那死去的狗，我敢向你保证，叫它们对你的羊连斜着眼望一下都不敢。”

“那么说，你是要保护它们不让你森林里的兄弟们吃掉？”

“我还会有什么别的意思呢，当然是这样的。”

“这倒不坏！可是我如把你收留在我的羊群里，请告诉我，谁来防范你，使你不会吃掉我可怜的羊呢？为了防备外贼，却要养一个家贼，我们人把这种事叫作……”

“我听到了，”狼说，“你开始说教了！再会！”

(5)

“我要不是这样衰老的话，哼！”狼咬牙切齿地说，“可我不得不顺时应势。”于是它就到第五个牧羊人那里去。

“认识我吗，牧羊人？”狼问道。

“像你这一类我至少是认识的。”牧羊人回答说。

“像我这一类？我很怀疑这一点。我是一只非常特别的狼，配得上同你和所有牧羊人交朋友。”

“你究竟有什么地方特别呢？”

“我从不咬也不吃任何一只活羊，就是饿得要命也不干。我只是用死羊来维持生活。难道这不值得称赞吗？请允许我时不时到你的羊群里来一趟，打听一下你是不是——”

“别废话！”牧羊人说，“如果要我不成为你的敌人，你一只羊也不能吃，连死的也不能吃。吃过死羊的动物就很容易由于饥饿学会把病羊看作死羊，把好羊看作病羊。别跟我套交情了，走开！”

(6)

“为了达到目的，不得不施展我的拿手好戏了！”狼这样想着，就去找第六个牧羊人。

“牧羊人，你喜欢我这张皮吗？”狼问道。

“你的皮?”牧羊人说,“让我看看! 它很美,看来狗咬你的次数并不太多。”

“好吧,那你听着,牧羊人。我老了,不会活得太久了。把我喂养到死吧,我把我的皮留给你。”

“嘿,瞧你的!”牧羊人说,“你也要玩老吝啬鬼的把戏? 不行,不行! 为了你这张皮,我到头来要付出比它本身贵七倍的价钱。如果你当真要把这件礼物送给我,那就现在给吧。”——说着牧羊人就去拿棍子,狼马上逃走了。

(7)

“啊,这些无情的家伙!”狼极端愤怒地叫了起来,“与其饿死,倒不如做他们的敌人死去,因为他们不想更好呵!”

于是他跑去,闯进了牧羊人的住宅,咬死了他们的孩子,牧羊人费了很大力气才把它打死。

这时,牧羊人中的一个聪明人说道:“我们原来做得不太妥当,把这个老强盗逼上了绝路,剥夺了它改过自新的机会,即使说它是迫不得已也为时过晚!”

(高中甫译)

导读

这是一篇童话体系列寓言故事,由 7 个相互关联又相对独立的小故事组成,分别从 7 个不同的侧面塑造了老狼这一狡诈、凶残的形象。上了年纪的狼因为自己的衰老打定主意要同牧羊人改善关系。狼在每一个牧羊人面前都为自己的罪恶狡辩,把自己说成原来是“最和顺、最温柔不过的动物”,希望骗得牧羊人的同情而主动地为它送上食物。但他的阴谋都被牧羊人一一揭穿了。于是，狼马上露出了它的狰狞面目，凶残地咬死了牧羊人的孩子。这篇寓言告诉人们：是狼就改不掉凶残的本性，善良的人们绝不能掉以轻心。值得特别注意的是，狼的强盗逻辑及其必然下场在“一个聪明人”看来，并不是狼的过错，反而是牧羊人的无情无义把狼逼上了绝路，使作品在结尾时再掀波澜，不仅颇具讽刺意味，也将寓意大为引申，聪明人其实是个糊涂虫。

【德国】赫尔德

狮子和公牛

四头强壮的公牛，结下了最亲密、最真挚的友谊，他们总是一起在美丽的草原上吃草，从不分离。附近不远的地方，住着一只可怕的狮子，他当然很想吃了他们。但是他很清楚，这不太可能，因为他们四个总是在一起。确实，如果他想以自己的力气跟他们较量的话，那么他的生命甚至都有危险。

因此，狮子没有别的办法，只好谨慎地、狡猾地思考着计策。他开始秘密地分别对四头公牛说，另外的公牛在出卖朋友呢。不久，他们相互猜疑起来了。狮子继续这样做着，后来，这些公牛便互相生了气，不再互相信任。这些以往非常忠实的伙伴们，如今相互之间十分冷淡而且客气，并且避免说话。没过多久，他们就吵起嘴、打起架来，连客气里都满是愤怒。这时，狮子很容易地扑向他们，一头一头地将他们撕成了碎片。

（吴冀风译）

导读

赫尔德，全名约翰·戈特弗里德·赫尔德(1744—1803)，德国作家、思想家，歌德的好友。这则寓言十分形象而深刻地揭示了信任与团结的重要性。4 头公牛的不幸是因为它们中了狮子的离间计，反目成仇，结果被狮子一个一个地吃掉，这就是互相不和的结局，为狡猾的敌人敞开了门。正反两方面的事实证明，团结和互信产生力量和坚韧，它可以使最危险和看起来很强大的对手难以得逞。这与我国儿童熟悉的著名历史故事《将相和》的主题是一致的。

【德国】梅斯内尔

骄者必败

一只乌鸦栖在岩石上。一只独角兽看见他落在那儿,便说:“现在我要向你显示一下我的力量,那会使你大吃一惊的。因为我要让你看看,我怎样推倒大山。”

他刚说完这句话,便用尽全力一头向山岩冲去。但是,大山纹丝未动,他的独角却被撞得粉碎。这骄傲的动物倒在了地上,痛苦万分。

“可怜的独角兽!”乌鸦喊,“你并没有向我证明你的力量,而你那愚蠢的举动,以及老话说的骄者必败的真理,我却不问自知了。”

(吴冀风译)

导读

梅斯内尔(1753—1807)是德国知名作家。这则寓言原来的寓意是:不要为想超过别人之所长而白白浪费了自己之所长。今天读这则寓言,人们在体会到骄者必败这个道理的同时,还不自觉地联想到现实中那些不自量力的人。独角兽的悲剧不只在于它显示力量的方式方法太愚蠢,根本原因是它争强好胜又不自量力,到头来是搬起石头砸自己的脚,咎由自取。

【德国】格林兄弟

钉 子

从前有一个商人，他生意兴隆。在市场上，他卖出了所有的货物，兜肚里塞满了金子和银子。现在，他要回家了，并盘算着要在天黑前赶到家。

中午的时候，商人来到一座城里，休息了一会儿。仆人牵来马对他说："主人，马的后蹄掌上掉了一只钉子啦。""随它去吧！"商人说，"我还有六个小时的路程呢！我急着赶路呢！"

下午的时候，商人下马休息，叫仆人拿面包去喂马。仆人又对他说："主人，马左后腿的蹄铁已经掉啦，我是不是牵马去重新打个掌？""随它去吧！"主人答道，"只不过两个小时的路程了，这马还能挺得住的。我有急事呢！"

商人继续赶路。没走多远，马便开始一拐一拐了。跛了没多久，又开始跌跌撞撞的了。最后，终于一跤跌下去，把马腿摔折了。

商人这时只好把马留下，自己走着回家。

直到深夜，商人才到了家。他对妻子说："真是倒霉透了！全怪那只该死的钉子。"

（吴冀风译）

导读

格林兄弟是孩子们都熟悉的，格林童话是孩子们最喜爱的读物。雅各布·路德维希·卡尔·格林（1785—1863）和他的弟弟威廉·卡尔·格林（1786—1859）两人都是德国著名童话作家和语言学家。他们从 1806 年起，一同深入民间，搜集、整理德国的古老传说和民间故事，合编成《德国传说》和《儿童与家庭童话集》。后者就是人们今天所说的《格林童话》，约 200 篇，其中有些是可以作为寓言来读的。

《钉子》这则寓言的寓意很明确。所谓“防微杜渐”“小洞不补、大洞吃苦”“磨刀不误砍柴工”等，都是它包含的寓意。

【德国】格林兄弟

鹪鹩

在古时候，每一种声音都有感觉和意义。铁匠的大锤抡起来的时候，它说的是“砸它！砸它！”木匠的刨子刨起来的时候，它说的是“刨过去！刨过去！”磨盘开始转动时，它说的是“救命！上帝！”如果磨坊主是个骗人的坏蛋，它就说得十分清楚，而且用慢条斯理的腔调问：“那是谁？那是谁？”然后很快地回答：“磨坊主，磨坊主……偷、偷……偷了一半啦！”

那些日子里，鸟儿们也有他们自己的语言，谁都听得懂——但是到了现在，却变成了一连串一连串的嘟噜、唧喳和欷歔，尽管有些鸟儿的叫声听起来好像是没有字的音乐。

鸟儿们得出结论，他们不能没有一个主人，因此决定在自己中间推选一个王。只有田凫反对这个主意，他一向生活得自由自在，也要自由自在地去死，所以他焦急地飞来飞去，喊着：“到哪里去？到哪里去？”就躲进了荒僻的丛林，再也不在同类中间露面了。

五月的一个美丽的早晨，所有的鸟类都从树林里和田野上飞来，聚集在一块儿讨论这件事情。他们有老鹰和燕雀、猫头鹰和乌鸦、云雀和麻雀——用不着一一点他们的名，是不是？布谷鸟也来了，还有戴胜，他又叫仪仗员，因为他刚好在布谷鸟之前来到。还有一只很小的鸟，他没有名字，也来加入这支队伍。母鸡没有听到开会的消息，看见来了那么多鸟，她大吃一惊。“怎么，怎么，那里在干什么？”她“咯咯”地说。而公鸡呢，他翻来覆去地这样说着安慰她：“这个，这个，这个。”把一切都告诉了她。

商议决定，飞得最高的鸟应该为王。一只蹲在树丛里的树蛙发出了警告:“不行,不行,不行!”因为他认为这样会使许多人伤心落泪。但是乌鸦喊起来:“真好哇!”意思是一切都会顺顺当当。

他们决定飞行比赛就在当天美丽的上午举行,以免有谁以后会说这样的话:“我飞得还要高呢,可是那是傍晚,我没有力气了。”

信号一发,整个队伍升到了空中。田野的尘土也升了起来。到处是一片猛烈的呼呼声、扑扑声、鼓翼声,好像有一片乌云拥了过来。可是那些小鸟不一会儿就没法再飞了,落在了地上。

那些大鸟飞得时间长一些,可是没有一只鸟能飞得像老鹰那么高,几乎能啄到太阳的眼睛。老鹰一见别的鸟飞不了这么高,就想,再往上飞还有什么意思?我肯定是王了,便开始向下降落。下面的鸟都向他呼喊:“你是我们的王啦,谁也飞不了你这么高。”

“除了我。”那只没有名字的小鸟喊道,原来他藏在老鹰胸前的羽毛里。他一点也不疲倦,接着往上飞,飞得那么高,都看见了坐在宝座上的上帝了。然后他收起翅膀,向下滑翔,用尖细的嗓子呼喊着:“我是王啦!我是王啦!”

“你是我们的王?”鸟儿们生气地喊,“不行!你是投机取巧。”

因此他们又增加了一个条件,就是能够钻进地下最深的鸟,才应该是王。于是鹅用宽阔的胸脯使劲地撞着地面,公鸡用爪子拼命地掏洞。但是最倒霉的是鸭子,她跳进了一座坟墓,扭伤了脚踝,摇摇晃晃地走到附近的一个池塘里,喊着:“无聊透顶!无聊透顶!”

但是那只没有名字的小鸟找到了一个老鼠洞,钻了进去,用尖细的嗓子叫着:“我是王啦!我是王啦!”

“你是我们的王?”鸟儿们吵起来,更加生气了,“你以为你的计谋得逞了?”他们决定把他关在洞里,让他挨饿。猫头鹰当看守,他无论付出多少代价也不能让这个坏蛋出来。但是黄昏来临时,鸟儿们都飞得很累了,就带着妻子儿女上床去了。

猫头鹰单独待在老鼠洞前面，瞪大眼睛死死地盯着。不一会儿，他也累了，心里想，我闭上一只眼睛，睁着一只眼睛，照样可以醒着，那小坏蛋也许不会从洞里跑出来。这样他闭上了一只眼睛，睁着另一只眼睛使劲地盯着老鼠洞。那没有名字的小家伙伸出脑袋，想冲出去。但是猫头鹰立即走到洞前，他便缩了进去。于是猫头鹰又睁开一只眼，闭上另一只，意思是要整夜这么守着。但是他闭上睁着的那只眼睛时，却忘了把另一只闭着的眼睛睁开。因此不一会儿两只眼睛就都闭上了，他睡了过去。小鸟一发现，就轻轻地溜走了。

从此以后，猫头鹰白天再也不敢出来了，因为别的鸟要在后面追他、惩罚他、扯他的羽毛。他只能在晚上飞，但是他痛恨而且追逐老鼠，因为他们挖了那么多讨厌的洞。

那小鸟也不让人家看见，他害怕被捉住后丢掉脑袋。他在篱笆上跳来跳去，一旦觉得安全了，就叫着："我是王啦！我是王啦！"因此别的鸟就轻蔑地称他为"篱笆王"。

然而没有比百灵更快乐的了，因为他不用听从鹪鹩的命令。太阳一出来，他就飞上高空，叫喊道："噢，多么可爱！多么可爱！噢，多么可爱！多么可爱！"

（吴冀风译）

导读

《鹪鹩》这篇童话体寓言，不仅写了有趣的鸟言兽语，艺术地解释了一些鸟类的行为，而且有着一种诗意的美和明显的道德教训。投机取巧者往往自食其果。故事中的鹪鹩虽然"飞得最高"和"钻进地下最深"，但是鸟类并不承认它就是王，相反被认为是投机取巧的欺诈者，被关进了洞里，即使逃了出来，也不得不躲起来，以免遭到报复。最终也只能在“篱笆上跳来跳去，做它的篱笆王”。在德语中，鹪鹩的原名含义就是“篱笆之王”。故事中的另一形象猫头鹰也很生动，它因为未尽到责任而自责受苦。

【德国】贝希施泰因

鱼加卷饼

一只野兔和一只狐狸一起出去散步。那是冬天,到处不见绿色,田野里既无老鼠也没有虫子。“多么饥饿的天气啊,”狐狸对野兔说,“我的肚子都在咕咕叫了。”“是啊,确实是。”野兔说,“到处干旱,如果我的嘴巴够得着我自己的耳朵,我情愿吃了它们。”

就这样,他们饿极了,迈着沉重的脚步向前走。走了一会儿,他们看见一位农村姑娘,手里提着一只篮子。篮子中飘出一股诱人的新烤卷饼的香味,钻进了野兔和狐狸的鼻子。“你知道吗?”狐狸说,“你平躺在地上,假装死去,那位姑娘就会放下篮子把你捡起——因为野兔的毛皮能用来做手套;同时,我去把篮子偷来,这样我们就可以接着走了。”

野兔照着狐狸说的做了。躺在地下,装作死去。同时,狐狸藏到一个雪堆的后面。姑娘走来了,发现野兔直挺挺地躺在地上,便放下篮子,弯身去捡。狐狸突然跳出来,抓起篮子,飞快地穿过了田地。转眼之间,野兔变活了,跟着他的同伴飞奔而去。然而狐狸并没有停下——他丝毫没有与野兔分享卷饼的意思,实际上,他的意思很清楚,他打算自己独自吞掉这些卷饼。

野兔很恼火。当他们走近一个池塘时,野兔说:“我们捉些鱼怎么样?这样就可以像我们的老主人那样吃鱼加卷饼了!你把你的尾巴垂进水里,那些鱼——正好他们还没有吃饱,就会来抓你的尾巴,然后我们就能捕捉到他们了。可是我们得快点儿,在池塘结冰之前就干。”

狐狸很喜欢这个主意,于是他们冲到了池塘边。池塘的水刚刚开始结冰，狐狸将尾巴放进水里，一会儿冰就冻得很硬了。这时野兔拿起篮子，走到狐狸面前，一个接一个地吃起卷饼来。等他吃完了，就跑走了，并且边跑边回头对他的伙伴高声叫道："垂在那儿，直到冰融化吧！等着春天来到吧！垂在那儿，等着冰融化吧！"这时，狐狸像一只被锁住的恶狗，只能在后面狂叫。

（吴冀风译）

导读

在德国，作为儿童文学作家，贝希施泰因（1801—1860）的声誉仅次于格林兄弟，他是继格林兄弟之后的德国民间故事收集者。这些故事出版于1823年至1856年间。1854年，他还出版了一本英文选集，题为《讲故事老人》。

《鱼加卷饼》这则寓言的原型是著名的民间动物故事《列那狐》。在风趣、幽默的列那狐故事里，列那狐似乎是没有失败过，它总是喜欢愚弄别人，又总是有办法让自己脱身。但在贝希施泰因的笔下，这只狡猾的狐狸却得到了应有的教训：背信弃义、自私贪婪终究要得到报应。这也提醒人们：不要自以为是，你有办法欺诈别人，别人也会想出办法来报复你。

【德国】威廉·夏雷曼

深远的见识

有一天,动物园里的一只苍鹭问一只白鹭:"你的日子是怎么度过的,整天这样一动不动——一个钟头一个钟头地过去了,可你只是这样瞪着天空?"

然而白鹭一点儿也没有改变他的姿势,脑袋仍然从两膀之间伸出,好像他早已变成了石头——一座白鹭石像。

"而我,我只是一只普通的苍鹭,当然,"提问者尖厉地嘲讽说,"不管怎么说,劳驾请给我一个答复,这也不至于有损你的尊严!""你忘了,"白鹭终于高傲地开了口,"我是从黑大陆来的,我生活在金字塔附近,我比你和你的同类更有见识!"

"噢,那真了不起!"苍鹭说,"然而你在世界上看到和经历的一切,对你所起到的作用,不过是像木桩子似的站着,而且粗暴地对待别人,那么你的这些经验真是太有价值了,朋友。"苍鹭说着,便厌弃地走开了。

(吴冀风译)

导读

威廉·夏雷曼(1875—1950),德国现代寓言作家。同在一个动物园里,白鹭为什么那么高傲地瞧不起苍鹭呢?因为它自己以为自己很有学问。苍鹭的嘲讽可谓一针见血,它说明了真正有见识的人,不会像这只白鹭那样,只摆出一副高傲的架势,而并没做什么事来证明它确有智慧。

【德国】格尔茨

想当天鹅的白鹅

一家农夫的院子里，养着一只鹅。它长着一身雪白的羽毛，非常美丽。每当陌生人走过这个院子时，总要停住脚，说道："瞧，多漂亮的鹅啊！它的羽毛就像天鹅一样。"他们称赞过后才走开。就这样，这只鹅慢慢地变得高傲起来了。它老是跑到水塘边上去，欣赏自己在水中的倒影。"嘿！"它不满地叹息道，"水呀，你要是不如此浑浊该多好啊！我是这样的美丽，你不配做我的镜子。这水脏到如此地步，简直不能在里面洗澡，会把人家的羽毛都洗脏的。"

"胡说八道！"水塘生气地嘟囔着，"你的羽毛和别的鹅并没有什么不同。多少年来，鹅都在我的水中洗澡、游戏，全都非常满意的。"白鹅回答说："可我并不是鹅，我是一只天鹅。"

"呵，哈哈！"水塘大笑起来，"神气什么呀！明明是来了一只普普通通的鹅，却硬说自己是天鹅，你究竟见过天鹅没有啊？"

"没有。"鹅不像刚才那么神气了。"我算是猜对了，"水塘说，"因为，你要是见过天鹅的话，你就会知道，天鹅的颈子要比普通的鹅长得多。天鹅能神气地扭动着颈子。你要是见过就好了！"水塘轻轻地泛起许多小浪花。"这个我也能做到。"白鹅高喊道。它拼命伸长脖子，不断地转动着。由于太用劲，他的嘴张得老大老大的。水塘看了，不禁大笑道："大家看这只傻鹅呀！"这只白鹅感到受了侮辱，摇摇摆摆地走开了。

从这天起，鹅和水塘成了冤家对头。只要鹅一走近水塘边，水塘便叫道："呶，你的脖子怎样啦？据我看来，至今还只是一条普普通通的鹅脖子哩！"白鹅却答道："你等着瞧吧，咱们到冬天再说。"

冬天来了,水塘结冰啦。大雪纷纷落下,覆盖了整个水塘。这下白鹅可高兴了,它每天都跑到水塘那里,在冰面上散步。它扭动着脖子说:“你现在瞧瞧,我是一只多么美丽的天鹅!”可是,水塘没搭腔。

有一天,当它又到水塘的冰面上散步时,说道:“喂,你终于被我的华丽惊得说不出话来了吧!你不得不承认,我是一只天鹅!”水塘仍然默不作声。这时,白鹅高兴得忘乎所以了,它将水塘的沉默看成对它的承认。它一会儿将颈子转来转去,一会儿又将脖子前伸后仰,直扭得连眼珠都差点蹦出来了。

正在此时,农妇走过来了。她看到白鹅这个样子,吓得大喊起来:“呵,天哪,这只鹅得病啦,赶快把它宰了吧!”说着,她一把抓住鹅,提着回家去了。尽管白鹅拼命地叫喊着,但一点用处也没有。它那从未变成天鹅颈的脖子,被一刀砍断了。

(袁丁译)

导读

格尔茨,德国童话寓言作家和研究者。1973 年,他为孩子整理、编辑出版了《谁是百兽之王——世界寓言选》,收古今寓言百篇,传播甚广。《想当天鹅的白鹅》是其中的代表性作品之一。

这则寓言的教训与讽刺意味都很突出。现实中有的人正像这只想当天鹅的白鹅,听到表扬与赞赏的话,就忘了自己的真实身份,听不进劝告,听不进实话,以致忘乎所以,最终会付出惨重的代价。白鹅的不幸教育人们:应该如何正确对待表扬与批评:听到表扬不要飘飘然,做些不切实际的梦想;听到批评要虚心接受,认真反思与及时改正。

【法国】拉·封丹

狐狸和葡萄

一头加斯科涅的狐狸(也有人说是诺曼底的)
饿得几乎半死,有一天看见
葡萄园墙头的高处,挂着一串紫色的
葡萄,它那粉妆玉琢的外皮
说明了里面包含的美味。
勇敢的狐狸真想拿它作为午餐,
可是它却挂在用尽力气也够不着的地方,
"它是青的,"狐狸说,"只有傻瓜才配吃它。"

(吴冀风译)

导读

拉·封丹(1621—1695),17 世纪后半期与莫里哀、拉辛、布瓦洛齐名的诗人。他写过戏剧、小说、歌剧,然而却成名于 1677 年开始创作的寓言诗。他借用古希腊、古罗马、古印度的旧题,主要在 1668—1694 年间为孩子们出版了 12 卷寓言集,计 239 篇,其诗句的风格和故事的精美,又使他的寓言具备了很高的文学价值,一跃而成为"世界三位寓言大师之一"。

所谓"世界三位寓言大师",即指伊索、拉·封丹和克雷洛夫。十分有趣的现象是,三位大师都有以狐狸和葡萄为题材的寓言,先看伊索寓言《狐狸和葡萄》:

有一天,一只饥肠辘辘的狐狸走进葡萄园找吃的东西。葡萄熟了,一串串吊在高高的葡萄架上,馋得狐狸直淌口水。

它尽力往上蹿，可是白费劲，连最低矮的藤上结的葡萄也够不到。最后，狐狸累得筋疲力尽，怒气冲冲地走开了，边走边嘀咕：

“谁要吃这样的葡萄！这些葡萄肯定把牙都要酸掉哩。”

“吃不到葡萄说葡萄酸”的谚语就出自于此。但在拉·封丹寓言中，狐狸吃不到葡萄的自我解嘲不是说“酸”，而是说“青”，但内涵还是一致的，“青的”就是“酸的”。由此可见拉·封丹寓言与伊索寓言的渊源关系。我们再看克雷洛夫的寓言《狐狸和葡萄》：

饥饿的狐狸越过果树园的墙头，看到了丰盛的成球成球的葡萄：狐狸的视线一落到葡萄上，眼睛和牙齿都发亮了。多汁的葡萄在阳光中亮晶晶的，像碧玉一般，唯一的遗憾是葡萄都挂得高高的，狐狸无论怎样也挨不近、抓不着，眼睛瞅得见，可牙齿咬不着！

狐狸白费劲了一个钟头，它只好走了，愤愤地说道：“算了！虽然看上去挺好，实际上却都没有成熟！没有一颗不是酸的！我又何必叫我的牙齿酸得咯咯地发响呢？”

由此可见，除细节更丰富外，克雷洛夫这则寓言仍然没有走出伊索寓言的模式。三位寓言大师笔下的狐狸都是一种无可奈何又自我解嘲的精神胜利者形象。

值得注意的是，在另一位寓言作家莱辛的笔下，精神胜利者狐狸却被嘲弄，寓言的寓意也有了质的转变。下面则是莱辛创作的《一串葡萄》：

我认识一位诗人，他的那群渺小模仿者的交口赞赏，要比他那些批评者的嫉妒轻视使他受到的危害更大。

“它是酸的！”狐狸这样评价一串长久以来得不到手的葡萄。一只麻雀听见了，便说：“你说这串葡萄是酸的？我说它可不酸。”说着就飞过来，尝了几颗，发现它出奇地甜，于是叫来了上百个贪吃的伙伴。

“来尝尝吧！狐狸说这些美好的葡萄是酸的！”

所有的麻雀都尝了。不一会儿，那串葡萄就被啄得七零八落了，再也没有狐狸冲着它蹦跳了。

莱辛在狐狸和葡萄之外，加入了麻雀形象。寓意在开篇就已点明，显然与伊索寓言、拉·封丹寓言不同，葡萄的命运也完全相反。因为狐狸说葡萄酸，可能就不会再有“人”去摘食它，葡萄因而保全下来。然而，一经麻雀的赞誉，葡萄就被啄得七零八落了，再也不能吸引“人”了。这就是作者要表达的寓意：赞扬往往比批评给人带来的危害更大。古老的伊索寓言模式在莱辛这里有了新发展。

上述不同时代、不同国家的寓言作家作品表现在题材与寓意上的连续性与变异性，说明了文学创作中继承、借鉴与创新的辩证关系。而就寓言这一文学形式来说，以狐狸与葡萄的关系来编故事，却说明了寓言的一个重要特征，即寓言的幻想不同于童话的幻想，它可以打破“物”性，完全在表达寓意的要求下，随心所欲地幻想。

从动物学的角度看，狐狸本来是肉食性的动物，应该不会垂涎于葡萄的。可是作者却写成狐狸吃不到葡萄而说葡萄是酸的。这虽然符合某一种“人”性，却违反了“物”性，但在寓言中又是被认可的，因为寓言是以训诫为主要目的，是一种比喻、一种影射。它只要求在幻想的事物与现实的事物之间，找到某一种联系，只求故事能说明一个深刻的道理，就够了。它不过分拘泥于客观的自然规律。可是童话中任意违反“物”性的话，就会导致逻辑上的混乱，给小读者造成认识上的混乱。也许有的读者要问：如果让一只爱吃葡萄的动物，比如猴子、松鼠或白头翁之类来现身说法，岂不更入情入理些？但是，要知道，猴子、松鼠和白头翁要吃葡萄是没有困难的，而这个寓言的讽刺效果是在想吃葡萄而没法吃到矛盾下产生的。如果让它们来做主角，故事的矛盾就不易展开了。那么在自然界中不能上树的动物很多，为什么不让狼、山羊或兔子等来担任主人翁呢？这是因为这则寓言所要讽刺的是生活中某些人物性格上的弱点，这种人是狡猾的、自以为聪明的，当他们在失败的时候总是归过于客观原因，用精神胜利法来安慰自己。要在自然界中选择一种动物，它的特点在某种程度上比较像这种人，那么可以说选择狐狸要比选择别的动物更合适些。这也许就是以上诸位寓言大师都让狐狸来担任主人公的最根本原因，从这里也可以看出，寓言作家在选择形象时是经过一番斟酌的。

【法国】拉·封丹

老鼠会议

有一只猫名叫罗迪拉，
他追逐仇敌十分凶猛，
把他们许多灵魂送往了另一世界，
以至于看不见老鼠留下。
幸存者躲在洞里心惊胆战，
胃口虽好，食粮却越来越少。
这场可悲灾难的肇事者
肯定不仅是猫，还有妖魔！
有一晚这坏蛋在屋顶上
跟他的老相好约会；
当他们卿卿我我地作乐时，
剩下的老鼠们坐下来召开秘密会议，
研究应付危机的对策。
这一家屋里的首脑
一只以智慧而闻名的老老鼠，
认为最好事不宜迟
给罗迪拉的脖子上系上铃铛，
他出来时铃铛的响声
会警告老鼠们关起门来藏好身——
这看来是唯一可行的办法；
于是他提出来进行表决，
大家齐声高喊“行”。

然而谁去系这只铃，
全体立刻都说“我不行”。
“他要抓我的！”一个说；
另一个表示“我的本事不行”，如此等等。
他们什么也没商定就散了会。
谁听说过这样的场面
出现在教士，甚至教长的秘密会议中？
需要什么办法的时候，会议上
就提出了各种各样的计划，
但是到要实施的时候，
却没有一个人肯去干。

（吴冀风译）

导读

前面说过，拉·封丹的寓言是根据伊索和其他古代的材料重新创作的，他的突出贡献在于使寓言这一故事体裁具备了原来所没有的文学价值。现在我们正巧有机会来说明这一点。在伊索寓言里也有一则《老鼠会议》，是这样写的：

一群老鼠召开了一次会议，讨论怎样摆脱老是受猫追逐的苦恼。大会上，大家提出了很多建议，也否决了很多方案。

最后，一只小老鼠站起来，他说可以在猫脖子上挂一只铃。“猫一动，铃会响。铃一响，我们就可以跑开。”小老鼠这样说。

这项建议赢得热烈的掌声，得到一致通过。

这时，一只始终坐在后排一言不发的、年长的老鼠严肃地说：“这是个非常好的设想。但是，我有个问题。”“什么问题？讲讲吧。”别的老鼠叫道。

年长的老鼠说："谁去给猫挂铃呢？"

虽然有译文方面的原因，但与拉·封丹寓言相比，伊索这则寓言至少在两个方面逊色得多：一是情节的丰富性；二是故事的文学性。但所表达的寓意是一致的，它说明了这样一个道理：出主意是一回事，实现它又是一回事，这之间往往有很长的距离，甚至有时是根本实现不了的，正像这则寓言中老鼠要给猫挂铃子一样。人们在生活中，也会有许多美好的设想，如果这个设想是无法实现的，它只能是没有任何实际意义的空想。因而，人们在设计自己的理想时，不仅要看这理想是否伟大，更重要的是要考虑到如何去实现这理想。无论将理想描绘得多么美好，关键还在于行动，只会纸上谈兵，是不能解决任何问题的。

【法国】拉·封丹

一个哲学家

有一个哲学家在希腊旅行，在某地遇到一个贤者。哲学家看见他的时候，他正手持镰刀在花园里给果木修剪树枝。

哲学家问："为什么砍下了这一大堆树枝？一个贤者是否应该这样去伤害这些不会说话的生命？"

"我除去多余的部分，"贤者说，"砍了以后，对留下来的只会更有好处。"

哲学家结束旅行回到家以后，自己也拿起了镰刀修剪树枝，并且劝告他的朋友和邻居，要对树木进行普遍的采伐。他不问季节，对自己的花园妄加砍削。

结果，一切都枯萎，一切都死亡了。

（吴冀风译）

导读

哲学家犯的错误在于他"不问季节，对自己的花园妄加砍削"，"多余的部分"固然被剪除了，不该剪除的部分也没有了，这与其说是一种修剪，不如说是一种滥伐。不加分析的拙劣的模仿断送了花园。这给人们启示：人的欲望和热情中，有好的东西和坏的东西，好的要保护并发扬它，坏的要改正并剔除它，正像一棵树，需要的是适当剪伐。

【法国】拉·封丹

猫和两只麻雀

小猫和小麻雀生活在一起，很和睦，他们自出生以后就一直住在同一个屋檐下。小麻雀常常啄小猫，即使是这样，小猫也不恼，从不重罚同伴；就是偶尔开开玩笑，小猫也很明智和谨慎、绝不使用她的利爪。他们可以说是至交。

后来，邻居小麻雀来拜访他们，并和他们玩到了一起。但是，两只麻雀很快就闹翻了，小猫也卷入了这场争吵。她喊道："这个外来户真是不得了，竟欺侮起我的朋友来了！不行！今天我要叫你瞧瞧我小猫的厉害！"她加入战斗，一爪就把那只外来的麻雀抓住，吃掉了。

"啊呀！"猫小姐喊了起来，"麻雀的味道可真鲜美呢！"从此以后，麻雀肉的滋味令她回味无穷，后来她终于克制不住自己的食欲，随便找了一个借口把她的朋友吃掉了。

（吴冀风译）

导读

在现实生活中，猫食麻雀固然是它的本性，无须找任何借口，但这则寓言中的小猫和小麻雀是朋友，小猫只是偶然尝到令它回味无穷的麻雀的滋味，最终抵挡不住诱惑，找借口把朋友也吃掉了。这给人启示：有第一次就会有第二次。人们应该警惕自己的行为，勿以善小而不为，勿以恶小而为之，要随时检点自己的言行，待到不好的习惯养成时再改，就很难了。

【法国】拉·封丹

运 气

一个航海商人运气一直很好。在不止一次的航海中,他都战胜了风浪;代理商、伙伴,每个人都对他忠实;他任意提高价钱出卖他的烟,他的糖,他的甘蔗,还有他的瓷器。总之,他发了大财,金子流向他的腰包就像江河流向海洋一样。

他的一个朋友问他:"你怎么能有这么好的运气呢?"

"除了来自我的机智,还可以从哪里来呢?我所有的一切都只靠自己。"

他觉得利润是顶顶香甜的东西,所以他又拿他的财富来进行更大的赌博。可是这回事事都不如意了。有一条船没有修理,一遇风浪便沉了下去;另外一条船武器不足,被海盗抢了去;第三条船到了岸,所运货物毫无销路;最后,他的代理商骗了他,而他自己则是吃喝玩乐,挥霍无度。因此,他变成了穷人。

他的朋友见他一下子变得一无所有,又问他:"你怎么搞成这样啊?"

"唉!全是命啊!"

(吴冀风译)

导读

商人的逻辑:自己永远是正确的。成功时,将功劳归于自己,而不去总结经验;失败时,将一切归咎于命运,而不是总结教训。这样的人,顺境时不知珍惜且挥霍无度,逆境时不思奋起而是苟且偷生。这种情形不是时常能见到吗?

【法国】拉·封丹

皮匠和银行家

一个皮匠从早到晚不停地唱歌。虽然他的生活并不富足，但他很满足。与此相反，他的邻居是个银行家，拥有万贯家财，却很少唱歌，晚上也睡得不好。他偶尔在黎明时分迷迷糊糊入睡时，被皮匠的歌声吵醒。银行家常常抱怨上帝没有把睡眠也制成一种像食品或饮料那样可以出售的商品。后来，银行家就叫人把皮匠请来。

“你一年赚多少钱?”银行家问皮匠。

“先生，你问我一年赚多少钱吗?”快乐的皮匠笑起来，“我从来不算这笔账，我就这样一天又一天地过日子，每天都有饭吃。”

“啊，朋友，那么你一天赚多少钱呢?”

“有时多一点，有时少一点。一年中有些日子什么也赚不到，也是有的。”

银行家被皮匠的直率逗笑了，他说:“我要让你从今以后不愁没钱用。你先把这一百枚金币拿去放好，需要时拿来用吧。”

一百枚金币是皮匠从生下以来见过的最大一笔财产。他回到家中，埋好金币，同时也埋葬了他的欢乐，他不再唱歌了，取而代之的却是担心、怀疑、虚惊。白天，他的目光尽朝埋藏金币的方向望;夜晚，如果有只猫弄出一点声响，他就以为有人来抢他的钱。

终于，这个皮匠还是跑到他那富有的邻居家里说:“把你那一百枚金币拿回去吧，还我睡眠和歌声来。”

（吴冀风译）

导读

人应该怎样生活才算幸福与快乐？不同的人有不同的答案。富有的银行家没有感到快乐，皮匠得到了一百枚金币反而日子过得提心吊胆起来，这说明了一个道理：富有并不能保证拥有快乐。

【法国】弗洛里安

鼹鼠和兔子

一个傍晚,几只兔子在草地上玩捉迷藏的游戏。兔子!你在想,这事情办不到。尽管如此,这却是真实的。一片柳叶蒙在一只兔子的眼睛上,仿佛一条绷带。不过一眨眼的工夫,蒙着眼的那只兔子站在了中间,其他兔子围着他又蹦又跳,做着奇迹的表演。一会儿跑远,一会儿走近,揪揪他的耳朵,拽拽他的尾巴。那只可怜的蒙着眼的兔子,突然转过身来,冒险地伸出爪子。但是那群兔子很快逃走,不让他抓住,使他扑了个空。他费尽力气,也是徒劳,他只好待在那里,等待明天。一只愚蠢的鼹鼠,在地洞里听见了打闹声,于是钻出洞来,参加了游戏。可她是个瞎子,你可以想象,她马上就被抓住了。

"先生们",一只兔子说,"把我们这位姐妹的眼睛蒙上,是不公正的,我们必须放她走。她看不见,不能左右自己。""请放心,"鼹鼠尖锐地回答,"我是正当地被抓住的,蒙上吧。""很好,亲爱的,就这样,不过我想没有必要系紧结子。""请原谅,先生,"鼹鼠生气地说,"把它系紧点儿,我看得见呢,还不够紧,我还看得见。"

(吴冀风译)

导读

弗洛里安(1755—1794),或译弗劳林,法国寓言诗人,以1792年出版的《寓言集》而留名于世。他的寓言多取材于伊索寓言、伊利亚特寓言而重新创作,风格接近拉·封丹,文笔朴实。名篇有《鼹鼠和兔子》《猴子和豹》《大鲤鱼和小鲤鱼们》《老马和小马驹》等。

弗洛里安说:"我们大多数人看得见自己的缺点,但是肯定自己的缺点却是另一回事。我们宁肯忍受真正的丑恶，而不愿承认受它的影响。”这则寓言中的鼹鼠就是这类人的形象写照。不论有这种意识的人，是出于自尊，还是出于自卑，都一样不是一种实事求是的行为，而实际的情形则是不以他的主观情感为转移的。

【法国】佛·杰默

动物的天国

一家破旧的旅店门口，停着一辆马车，车辕之间套着一匹可怜的老马，正在那里默默地梦想。已经快到深夜了，天还在下着雨。这匹可怜的皮包骨头的马，几乎快要死了，他在那里等待着；他低垂着脑袋，四条腿随时准备跪下。

他站在那里的时候，心里梦想着自己还是小马驹的时代，第一次蹦跳的那片草地和喂他奶吃的母亲。于是突然间，老马的脑袋垂到了肮脏的便道上。

因此，他来到了天国的门口。一个伟大的贤人在那里站着，等待圣彼得来开门。“你到这里来干什么？”贤人问老马，“你没有权利进天国。”马回答说：“我的母亲是一匹可爱的母马。她死的时候，她老了，她的力气都被吸血的人吸尽了。我来问上帝她是不是在天国里。”

这时天国的门敞开了，动物的天国就在他的面前。老马立即认出了自己的母亲，母亲也认出了他，他们嘶叫着互相问好。他们一块儿走到天国的草地上，老马很高兴地和那些受苦时期的轭下伙伴们重新见面，他们如今永远幸福快乐了。他们都在这里——那些在城里的路上拉石头摔倒了的，那些被沉重的负载压倒了的，那些蒙着眼在游乐场里连续拉十个小时旋转木马的，还有那些参加斗牛的。如今他们的所有时间都用来在和平天国的宽广草原上散步。

所有的动物都很快乐幸福。他们自由而悠闲，甚至不服从那带着微笑观看他们的上帝。猫用爪子推着线球玩耍；年幼动物的母亲的时间只是用来喂养她们的小崽；鱼儿在水中游着，不必害怕渔夫；

鸟儿在天空飞过，也不用畏惧猎人，大家都是这样。

但是这个天国里却看不见一个人。

（吴冀风译）

导读

佛·杰默，生平不详。这位20世纪的法国作家深感到人类对待动物是残酷的，尽管动物之间死后可以互爱。这是对人类缺乏爱心的批评，然而却是可爱的故事。作者虚构了一个把人类排除在外的动物天国，也就是说只有人类不配进入天国，因为他们与动物为敌，应该受到上帝的惩罚。没有人类的天国，动物们才是快乐幸福的。这则寓言告诉人们应该善待动物，它们快乐幸福的生活需要人类用爱心来呵护。

【意大利】达·芬奇

丁香与河流

一条河水的堤岸上长着一棵美丽的丁香。高枝上洁白的花瓣非常令人喜爱，连河水也想得发痴。

“她是这么美……这么美……”河水朝思暮想不停地唠叨。

水面平静的时候，丁香的倩影倒映在河里。但是，可望而不可即，河水并不能得到她。河水因此把希望寄托在水波上。他开始激动起来，变得越来越不安静，越来越凶猛。

河水一次又一次掀起恶浪拍打着堤岸。最后，河水冲毁了堤岸，美丽的丁香树随着堤岸的倒塌，埋在泥沙和石头中间，混浊的波涛带走了纯洁的丁香花瓣。

（吴冀风译）

导读

达·芬奇(1452—1519)，意大利文艺复兴时期的伟大画家、自然科学家，同时也是杰出的寓言家。意大利出版家布鲁诺·纳尔迪尼整理研究达·芬奇的笔记手稿，将其中的寓言选辑并译成现代语，出版了《达·芬奇寓言集》《幻想动物》两本书，前者收录寓言 37 则，后者收录寓言 73 则，共 110 则。作者用寓言表达人文主义理想，重视人，赞美人，鼓励人们为实现自身的价值而奋斗。在艺术上善用绘画技法创造洋溢诗情画意的境界，并大量使用植物与无生物作故事主角。

《丁香与河流》是一则寓意深刻的寓言。河流渴望“得到”“美丽的丁香”，因一时不能如愿而“激动起来”，终于毁灭了丁香。这自然地让人联想到，一个人如果私欲膨胀，失去约束的欲念就会和这“混浊的波涛”一样，引导着别人和自己一同毁灭。

【意大利】达·芬奇

桃　树

几条小溪灌溉着果园。果园里生长着许多果树。不过，果树之间的关系不怎么友好。

桃树和枝叶繁茂的核桃树长在一起。桃树嫉妒地望着邻居挂满枝头的核桃。

“他怎么结这么多果子？”桃树想，“我怎么结这么少？这可不公道。哎，我要想办法和他一样。”

一棵年轻的李子树能够猜测别人的思想，他对桃树说：“朋友，你别这样想。你没有看见，核桃树的枝条多么壮吗？你没有瞧见，他的主干多么粗吗？每个人只能根据自己的能力做事。你就照看好自己的桃子吧。重要的是质量，而不是数量。”

可是，虚荣心蒙住了桃树的眼睛，他对自己说：“对李子树来说，他因为看到我比他强，嫉妒死了。哼，我才不理他哩！”

桃树要求根须更多地吸收土壤里的营养，枝头开更多的花，花变成更多的果。这样，炎热的季节到了，桃树从头到脚结满了果子。

啊，桃子在成熟以前，重量一天比一天增加，枝条支撑不住。主干也没有能力承受挂满肥桃的枝条。在痛苦的呻吟中，桃树断裂了。一声巨响，桃树差不多变成了一堆木柴。

（吴冀风译）

导读

桃树的悲剧在于它的虚荣心。虚荣心让它的雄心壮志脱离了现实基础，最后自食其果，毁灭了自己。这启示人们：有雄心壮志是值得称赞的，但凡事都要有个度，超越了这个度，就变得可笑了；而虚荣心及由此而生的嫉妒心则往往将人们推上自取灭亡的道路。

【意大利】达·芬奇

雪松和他的同伴

园林里有果树、花树、常绿乔木等各种各样的树木。在这些树木当中,很少有谁像雪松那样经常被人赞美。每个季节,雪松都长高一些,他的树尖顶上了天,高耸在群树之上。

雪松认为自己是所有树木中的帝王。他一会儿命令:“喂,马上给我把核桃树砍了。”

核桃树就被砍了。

又一会儿,雪松命令:“把这棵无花果弄走!我不喜欢她!”

无花果就被砍了。

过了几天,自我欣赏、自我陶醉的雪松又命令:“把这些苹果树弄走。他们怎么配和我这样高贵的站在一起呢!”

苹果树就被拦腰砍倒了。

就这样,他一个接一个地把园林中的同伴都消灭了。最后,只剩下他自己,成了园林中孤单单的主人。

没有谁陪伴他,也没有谁妨碍他观赏周围的景色。

秋天的一个下午,刮起了狂风。这棵雪松使出了全身力气,紧紧抓住脚下的土地,与狂风展开搏斗。最后,狂风胜利了,雪松面目全非地倒了下来,失败了。

(吴冀风译)

导读

做帝王时的威风与孤单时的凄凉,是何等鲜明的对比。雪松早知今日,又何必当初呢?社会是一个大家庭,人人为我,我为人人。

而人与人之间的关系是平等的，谁自视高贵、欺压他人、唯我独尊，谁就会众叛亲离成为孤家寡人，他的下场也会像寓言中的雪松那样倒在自己挖掘的坟墓里。这则寓言还让人们认识到，个人的力量是何其微弱，只有团结起来，组成一个强有力的集体，才能抵挡住狂风暴雨的侵袭。

【意大利】达·芬奇

小树和木棍

一棵小树，他那稚嫩的枝叶骄傲地指着天。一根又丑又旧的木棍跟他站在一起，简直叫他忍受不下去。

“喂，木棍，”小树十分不耐烦地说，“你不能离我远一点吗？”

木棍装聋作哑，闭口不答。

小树又对围绕着他的篱笆说：“喂，篱笆，你整天围着我身边转，真让我讨厌。”

篱笆也假装没有听见。

这时正好有一只蜥蜴路过这里，他抬起小脑袋，嘲讽地望着小树，说：“骄傲的小树，难道你不明白，你是靠木棍才能站得这么直吗？说到篱笆，你不明白他是在保护你吗？”

（吴冀风译）

导读

寓言中的小树是一个不知好歹、忘恩负义的形象。生活中就有这样的人，自我感觉很好，看不惯别人。自身稍有成就，就嫌弃出身贫寒，甚至连养育自己的父母、教育自己的老师也厌弃。寓言中的木棍和篱笆则是不计得失、忠于职守、默默奉献者的形象。如果将小树比作孩子，木棍和篱笆就好比是父母与老师及一切养育儿童的设施，而蜥蜴可以说是一位观众，它代表着一种社会舆论。从这一类比中，儿童读者自然会领悟到一种道德教训，并以此为戒。

【意大利】达·芬奇

核桃树

一个花园被高墙围着，里面种着许多果树。

一天，核桃树说，“我为什么非要躲在这个憋气的花园里，难道，我不能让我的枝头长到墙外，让大路上过往的行人看看我的果实?”

核桃树一点一点地把自己的枝条伸出墙外。丰收的季节到了，这些树枝结满了核桃。路过这里的人都来采摘。双手摘不到，就用棍子打。

没有几天，核桃树被棍子和石头打得一个核桃也不剩了，叶子也全落光了，树枝也脱了一层皮。这下子核桃树完全没有了平日里的那份神气。

（吴冀风译）

导读

核桃树不甘寂寞，它要向人炫耀自己的果实，结果是自找苦吃。做人也是同一道理，爱虚荣和炫耀自己的人是要付出代价的。少年儿童尤其是爱表现、渴望表现的，应该从这则寓言中吸取教训。

【意大利】达·芬奇

藤 蔓

在树篱的阴影下，藤蔓用他翠绿的手臂，缠绕着山楂树的树干和枝丫。

当他攀缘到了树顶，向四周一望，看到在路的另一边围有另一道树篱。

“呵，我多么想到那边去啊，”藤蔓说，“那边的树篱比这边的更大更美。”

藤蔓伸出了双臂，一点点地将对面的树篱越抓越近，最后到达目的地，抓住了一条枝丫，快活地把它缠住。

但过了不久，一群旅人经过这条路，突然发觉这藤蔓挡住了他们的路。他们用手抓住他，把他从树篱上扯下来，扔进沟渠里去了。

（吴冀风译）

导读

这则寓言给人的启示是多方面的。一方面，说明了登高而望远的道理，藤蔓在树阴下与树顶上的位置差异，让藤蔓大开眼界，有了更远大的理想。另一方面，说明了贪婪会使人看不到危险。理想的光环往往会让人失去理性，在疯狂地要实现理想的同时，却不能看到潜在的危险，正像寓言中的藤蔓一样，理想实现之日，也是它自我毁灭之时。警戒人们一定要慎重地选择理想，贪婪往往适得其反。

【意大利】达·芬奇

纸和墨水

一天，一张同许多纸张一模一样的白纸，与他的伙伴儿一块儿躺在桌面上。一支笔，沾了最黑的墨水，在他身上写了一大堆字。

“难道你不能使我免于这样丢人现世吗？”那张纸生气地对墨水说道，“你用这样可恶的痕迹玷污了我，你已经永远地把我给毁啦！”

“等一等！”墨水答道，“我并没有糟蹋你呀，我是用颜色装饰了你，你现在已经不再是一张纸，而是一份文件啦。你传递了人类的思想和感情，已经变得有身份、有价值啦。”

真的，过了不久，有人来清理书桌。他将纸张归拢起来，要抛进火中烧掉。但他突然注意到那张被墨水写上了字的纸，于是他把其他的纸扔掉，而把那张写上了字的纸，保存了起来。

（吴冀风译）

导读

纸是用来写字作画的，只有被用过的纸，才实现了其自身的价值。而寓言中的纸对帮助它实现价值的墨水，不仅不感谢，反而生气地责怪它。事实最终教育了这位“洁身”自好者。这则寓言虽小，但它能启发人们小中见大，思考诸如人生的价值是什么、如何去实现这一价值等大问题。

【俄罗斯】克雷洛夫

商　人

布店老板冲侄子喊叫：
“你在哪儿呀？安德烈！
快过来，快！越快越好！
瞧你叔叔这一手该有多么巧！
照我这样做生意，保你利润高！
波兰产的那呢子，想必你知道，
在这儿摆了那么久，总也卖不掉，
呢子浸过水，颜色又旧料又糟，
让我冒充英国货，卖了那块料儿。
一百卢布刚到手，你瞧瞧！
上帝送个傻瓜来，真是呱呱叫！”
侄子回答商人说：
“叔叔哟，这桩买卖妙是妙，
可我不知道究竟是谁上了圈套，
仔细瞧吧，你手里是一张假钞票！”
这纯粹是一场骗局！
商人诈骗原不新奇，
试看比小铺高贵的地方，
如此这般也在进行交易；
人们几乎有同一种心理：
谁更狡猾，谁占便宜。

（谷羽译）

导读

克雷洛夫(1769—1844),俄罗斯伟大的寓言家,共留下205篇寓言诗。他用寓言讽刺统治者的腐朽寄生、贪婪残忍以及对下属的纵容,揭露法庭的贪赃枉法和官僚的狼狈为奸,描写人民的无权和初步觉醒,也针砭懒惰、胆怯、伪善、虚荣等恶习,内容极其广泛。题材有的取材于伊索寓言和拉·封丹寓言,但植根于俄国现实,特别是1812年卫国战争期间,直接取材于战争,写出了一批爱国主义的寓言名篇。克雷洛夫寓言充满现实主义精神,塑造了很多富有概括力和俄国民族特色的寓言形象,语言精练而平易自然,标志着俄罗斯寓言文学的独立与成熟。克雷洛夫寓言对普希金、果戈理、谢德林、托尔斯泰都有巨大影响。俄罗斯著名批评家别林斯基说:“俄罗斯伟大作家克雷洛夫的巨大功绩在于:他把这种教诲文体变为社会讽喻的文学样式,并使其充满生动、逼真的形象。”

《商人》这首寓言诗,通过巧妙的对比与大胆的议论,在讽刺个人行为的同时,揭露了尔虞我诈的社会现实,全篇像是一出滑稽幽默的讽刺喜剧。布店老板把波兰呢子冒充英国货卖了一百卢布。他喜形于色,自鸣得意,立刻把侄子喊到面前,炫耀自己的手段,并告诫他,只有像他这样经营,才能发财致富。写到这时,作者将笔锋一转,写侄子发现狡猾的老板也上了圈套,原来他手里拿的是一张假钞票。这时你会想象到刚才还不可一世的老板该是一幅怎样的表情:尴尬、羞愧、气愤,甚至是捶胸顿足,大呼上当。害人者以害己而告终。作者从个别人物透视社会心态,指出:“人们几乎有同一种心理:谁更狡猾,谁占便宜。”让人们认识这种心理,嘲笑这种心理,在笑声中和这种心理告别。克雷洛夫的高明之处,还在于他总能够以有限的文字包容尽可能多的寓意。诗中议论道:“试看比小铺高贵的地方,如此这般也在进行交易。”这两句就具有深刻的社会内涵,增强了寓言作为一种社会批判的现实主义力量。

【俄罗斯】克雷洛夫

两只木桶

两只木桶一道走，
一只盛着葡萄酒，
另外一只，
腹内空空什么也没有。
瞧第一只木桶不声不响，
迈着小步走路不慌不忙；
另外一只，连蹦带跳直往前闯，
弄得马路上隆隆如雷尘土飞扬。
行人们远远就听见它的喧嚷，
又惊又怕连忙躲在道路一旁。
可是，不管空木桶怎样震天动地，
它却不如第一只木桶对人们有利。
谁对大家不停地自我吹嘘，
这种人想必没有多大出息。
一个人真有才干，
往往是寡言少语。
伟大的人物是以事业著称，
不动声色周密地思考问题。

（谷羽译）

导读

两只桶代表着两种人。酒桶：沉稳、镇静、从容，无意哗众取宠，比喻的是有“真才实干”的人；空桶：轻佻、浮躁、喧闹，热衷于炫耀，比喻那些“自我吹嘘”的人。两只桶的神情、姿态、步履完全不同，在对比中呈现出不同的个性，从而使形象性格鲜明，寓意突出。空桶本来想以“震天动地”的声响引起人们的注意，然而，事与愿违，行人害怕这种空洞的喧嚣，他们躲避犹恐不及。人们厌恶这种华而不实的人物，因为大家知道，纵然空桶的响声震天动地，却不能带来任何利益。而酒桶呢，却能在无言之中把美味奉献给人们。寓意提倡的是一种扎扎实实、默默奉献的精神，同时也形象地说明了“满招损，谦受益”的道理。

【俄罗斯】克雷洛夫

一只桶

有一个人问他的朋友,能不能借他的桶用上一两天。帮助邻居,谁也不应该推诿。如果是要借钱呢,那是另外一回事儿,这样的请求会遭到拒绝,朋友们也不应该开口。然而借一只桶的事,谁会舍不得呢?

用过了,桶就还回来了,跟以前一样完好无损,一样可以盛水。只是有一样后果不好:借桶的人,他把木桶装白酒装了两天;如今一切东西,碰到这只木桶的,不论是啤酒呀、柠檬水呀,甚至是食物呀,都发出白酒的味道。不止一年,主人尽力补救,他蒸它、晾它,在木桶里搁点儿这个,放点儿那个——他用了上百种办法,可是白酒的味道依旧存在。无可奈何!只好把木桶丢了。

(谷羽译)

导读

寓言大都是一种比喻。如果将寓言中的一只桶沾染上白酒味来比喻一个人的行为,就会让人们认识到严格要求、谨慎行事的重要性。坏事一学就会,早年的恶习,都会在之后的言行举止中有所显露。影响是潜移默化的,某些不良的恶习一旦养成,就会像这只木桶一样,"用了上百种方法"也"无可奈何"。因而,人们必须检点自己的行为,绝不能掉以轻心,不然就会有"一失足成千古恨"的遗憾。

【俄罗斯】克雷洛夫

一列货车

装着瓶儿罐儿的货车，排成一排，慢慢地向山下移动。下山的路又陡又险，驯良的马几乎是用他的背托住全车的分量，阻止车轮的迅速滚动。

小马驹看到说："嘿，还算是骏马哩！走路慢吞吞的，像只螃蟹！你瞧，他险些儿碰在石头上了！天哪，歪歪斜斜的！该往左走呀！可不明明白白吗？迈开大步呀！嘿，又在摇摇晃晃了，真是蠢货！"

于是，小马驹表演了。他躬起背，挺起胸，拉起车子朝山下冲去，跑得像风一样，车子摇摇晃晃，从后面逼上前来，撞在他的背上，磕碰他的两肋。他放开脚步，拼命奔跑，多痛快！也顾不得岩石和深沟，一股劲儿地横冲直撞！向左、向左，车子"稀里哗啦"地摔到山谷里去了，主人的瓶儿罐儿统统打翻了。

（谷羽译）

导读

这只初生牛犊不畏虎的小马驹，缺少的不是勇气，而是思考与经验。它见骏马"像只螃蟹"似的"慢吞吞"，却不开动脑筋问一问"为什么"。而从它的表演看，显然它没有拉一辆"装着瓶儿罐儿的货车"在下山的"又陡又险"的路上行走的经验。小马驹不明白速度并不能说明一切，而且往往是欲速则不达。世上的事，往往是说说容易，做起来难。有些人整天责备别人，当自己做时，也许会更加可笑，眼高手低乃是人们常犯的毛病。

【俄罗斯】克雷洛夫

青蛙和老天爷

春天，住在沼泽里的一只青蛙，决定要搬到附近的小山上去。他找到了一个小小的天堂，就在裂开的山地中间一个舒适的角落里。然而，这只青蛙并没有在那儿享福多久，夏天就来了。炎热的日子里，青蛙的乡村住宅变得那么干燥，苍蝇可以在上面走来走去，连脚爪也不会沾湿。

“天啊！”倒霉的青蛙在裂缝里哀求道，“救救我吧，让我逃脱这残酷的命运吧！只要大水泛滥山村，我的家里就经常有足够的水可喝了。”

青蛙老是反复地唠叨：“赶紧下雨吧！赶紧下雨吧！求求你老天爷！”

“你的愚蠢的叹息不会有什么好处，”老天爷说道，“我知道的，你太喜欢乱吵乱闹了！难道为了你这样一小块地方的利益，就应该把半个世界淹没吗？为什么你自己不能搬个家呢？沼泽就在下面呀！”

（谷羽译）

导读

青蛙为了自己的利益，不顾“大水泛滥山村”，是一个极端利己者的形象。因为它自私，它需要一切都以它的意志为转移，世界按照它的意愿来安排，而不是自己去适应他人，适应世界。原本只要自己向下面搬个家就能解决的小问题，它却祈求老天爷水漫山村。生活中不是也有这样品质恶劣的人吗？

【俄罗斯】克雷洛夫

鹰和蜜蜂

一只忙碌的蜜蜂，全神贯注地在一朵大花里工作。一只老鹰瞧见了，鄙夷地说：

“以你的智慧和勤劳，来做这样的苦役，真叫人可怜。你们成千上万的，整个儿夏天在蜂房里忙忙碌碌！将来有谁看到你们的工作呢？赏识你们的岂不更少吗？我真觉得奇怪，你们怎么会愿意辛苦一辈子呢？”

“我和你们之间可真是天差地别！当我拿出力量、展开翅膀向上飞翔的时候，我到处撒下了惊慌。飞鸟不敢起飞；牧羊人警惕地守卫着他们的肥羊；脚步轻捷的鹿儿，有我在飞翔，他就不敢露面了。”

“光荣和名誉归于你！”蜜蜂答道，“然而我呀，生来就是为大家服务的。我不求表明我自己的小小成就，当我瞧着我们的蜂巢的时候，看到在许多蜂蜜中间，有一滴是我自己酿造的时候，我就感到安慰了。”

（谷羽译）

导读

鹰和蜜蜂展现的实际是两种截然不同的生活方式与价值观念。是鹰就要搏击长空，就要抛头露面；是蜜蜂就要忙忙碌碌，就要默默无闻，这是它们不同的生活方式，它们生命的价值也就体现在各自的生活方式的实现过程中。作者巧妙而贴切地将这两种动物来比喻两种人：抛头露面的人和默默无闻的人。前者干的事业轰轰烈烈、名声响亮，光荣和名誉都归于他；后者勤勤恳恳地工作，辛苦操劳一辈子却很可能不为外人所知，名不见经传。对于这样两种人，你该怎样来判断他们的人生价值呢？作者在这里所表达的显然是这样一种思想：像蜜蜂这样的人更值得尊敬。他默默无闻地，在漫长的辛苦的日子里无酬地劳动，得不到光荣也得不到表扬，只有一种思想鼓舞着他，即“生来就是为大家服务的”，只求他的工作对大众有益。

【俄罗斯】克雷洛夫

参观者

“啊，看到你真是高兴！你从哪儿来呀？”

“在新开的博物馆里逛了一两个钟头，我统统都看过了，真叫人叹为观止！要把我们所看到的完完全全告诉你，我说也说不好，记也记不清。屋子里满满的，无奇不有，大自然的造化真是奇妙无穷：飞禽走兽，见所未见！蝴蝶呀，小小的昆虫呀，苍蝇、甲虫、蜈蚣呀，一应俱全！有的像碧玉，有的像灿烂的珊瑚，还有极小极小的瓢虫，说给你听你也不信，简直比针头还要小哩！”

“你看见大象吗？保管忘不了的景象。四肢粗壮，那么一个庞然大物，我想你一定以为是碰到了一座山了。”

“啊！难道有象吗？”

“当然有象呀！”

“象？咳，真是遗憾，象我倒没有留心。”

（吴岩译）

导读

这篇寓言全用对话构成。由于人物语言的典型化、个性化和幽默感，创造出了鲜明的人物形象。作品开头通过参观者之口，不厌其烦地讲述了在博物馆里所见到的一切，连“比针头还要小”的瓢虫都仔细看过了。可写到这里，作者突然笔锋一转，问起大象来，参观者反而茫然了，这和他前面所说的构成了强烈反差，正是在这一对比中，活脱脱地刻画出那种见小不见大的典型人物形象。这样的人，在我们的周围不是也常见到吗？

【俄罗斯】克雷洛夫

杰米扬的汤

“请啊，老朋友，请吃啊！这个菜是特别为你预备的。”

“不，我的亲爱的朋友，吃不下了！我已经吃得塞到喉咙口了。”

“没有关系，才一小盆，总吃得下去的。味道的确好，喝这样的鱼汤也是口福呀！”

“我已经吃过三盆哩。”

“嗳，何必计数呢？哦，你的胃口太差劲！吃了有好处的，吃完它吧！凭良心说，真香，真稠，在盒子里凝结起来了，简直跟琥珀一样。请啊，老朋友，替我吃完它！喏喏，这是鲈鱼，这是肚子，这是一片鲟鱼。只吃半盆，吃吧！娘子，你来敬客，客人会领你的情的。”

杰米扬就这样地款待福卡，不让他休息，不让他停止，一股劲儿地劝他吃。福卡的脸上大汗如注。不管出不出汗，他又吃了一盆，他装作吃得津津有味，把盆子吃了个干净。

“这样的朋友我才喜欢，那帮吃东西挑剔的大人先生们，我就觉得惹气。”杰米扬嚷道，“吃得痛快！好，再来一盆吧！”

然而，好不奇怪，老福卡虽然喜欢吃汤，却马上站起身来，赶紧拿起帽子、腰带和手杖，用足全力跑回家去了，再也不上杰米扬的门了。

（吴岩译）

导读

据说这则寓言是有感而发的。在一个文学晚会上，有一位虚荣的作家大读特读他那篇幅冗长、淡而无味的新作，几乎把所有的时间都糟蹋了。会上有人问起克雷洛夫有何新作时，克雷洛夫就兴即创作了这则著名寓言。关于它的寓意，克雷洛夫在这则寓言的后面写有这样一段话："我的作家，你不妨自认为稀有的天才，可是如果你不懂得适当地节制，老是在人家的耳旁聒噪不休，久而久之，你的诗歌和散文，就要比杰米扬的汤更令人讨厌。"

作品中的主人公杰米扬，自认为烹调技术极为高明，他吹捧自己煮的鱼汤，不管客人福卡"已经喝过三盆了""吃得塞到喉咙口了"，仍然只是一个劲儿地劝他喝，一直到肚子实在装不下的时候，福卡才相机逃离了杰米扬的家，再也不上杰米扬的门了。从这里我们还可以看到寓言故事本身潜在的另一层寓意：即使出于"爱与真情"，如果失去了节制和必要的限度，也是会害人的。

【俄罗斯】克雷洛夫

狗的友谊

波尔康和巴尔勃斯是两只看家狗，它们歪倚在厨房窗下，懒洋洋地晒着太阳。

本来，要躺到院门口去，牢牢看住大门，那才算得上是恪尽职守。然而今天它们已经食足肚饱，再加上看家狗白天本不用见人就“汪汪”叫个不休，这样懂得礼仪的狗才显得有教养。狗儿俩正闲来无事，就没边没际地聊起来，谈它们职责范围的事，谈它们干得出色的，谈它们的失误，最后扯到狗的友谊问题。说起友谊，狗儿俩的话就多了。

“你要想日子过得舒心、痛快，那就得朋友之间心贴心，彼此关心，相互提供帮助，要做到没有朋友就吃不香，睡不甜；要是有谁冒犯它的朋友，它就应该站出来，像山一样卫护它的朋友，使它的朋友连一根毫毛都不受损伤；最后，朋友间要相互体贴，要千方百计使朋友感到幸福，而归根到底，朋友的幸福也就是自己最大的安乐！要是咱们建立了这等友谊，我就敢斗胆说，往后咱们的日子就在不知不觉中飞逝，三秋如一日。”

巴尔勃斯接上说：

“有这样的交情？那可真值得羡慕！我的好波尔康，咱俩是同住一个院落的狗，可没有一天不打架，对这种日子，我早已痛心疾首了。可都为什么？托主人的福，你我都吃得饱，住得宽！说起来也真是难为情。不是吗，自古以来狗对人的情谊是堪称典范的，可在狗和狗之间，也同人和人之间一样，只有钩心斗角，没有真挚友情。”

“那咱俩就来为他们做个表率吧！”波尔尔康开心地大叫起来，

"伸过爪子吧!"

"好吧,让咱们紧紧握手!"

于是这对新结交的朋友又是拥抱,又是亲吻,那份高兴劲儿,简直达到了友谊的最高峰。

"友谊万岁!"

"友谊万岁!"

什么打架斗殴,什么妒火中烧,什么旧恨新愁,全都见鬼去吧!

可是不巧,就在这时候,厨师从厨房里扔出一块骨头来。

两个新朋友同时飞扑过去,"友谊万岁"言犹在耳,却已相互撕咬得狗毛乱飞,一撮撮、一绺绺地从空中落到地上。

最后是一盆冷水,才把咬成一团的两只狗拆开来。

(韦苇译)

导读

《狗的友谊》是历来被选家重视的克雷洛夫寓言代表作中的最重要作品之一,是一则融诗情、哲理和喜剧三者于一体的寓言艺术精品。阳光下,吃得饱饱的两条狗在舒心地一边晒太阳,一边攀谈。它们谈东谈西,最后谈到了"友谊"。它们互诉衷肠,表示要终生跟忠诚可靠的朋友在一起生活,并为过去"没有一天不打架"而感到"难为情"。它们甚至提出:"朋友的幸福也就是自己最大的安乐!"它们互相握爪、拥抱、亲吻,高呼"友谊万岁!"然而,正在这个节骨眼上,厨子扔来一块骨头,是的,一根骨头,仅仅是一根骨头,就把前面的美好气氛全给打破了。瞧,"两个新朋友同时飞扑过去","撕咬得狗毛乱飞",可见这种友谊还经不起一根骨头的考验。生活中不是也有这样的人吗?他们口头上说的比唱的还好听,但哪怕是一点蝇头小利,便会立刻翻脸不认人，争得你死我活。所以，正如克雷洛夫在这则寓言后面所写的："人世间就充满了这样的友谊：实际上，似乎朋友之间难得不是这样的。刻画这一对儿，其余的也就可想而知。听他们讲话，你以为他们是同心同德；丢给他们一根骨头，这就全成了狗了。"

【俄罗斯】克雷洛夫

狼和小羊

那是一个暑热天里发生的故事。

一只小羊到溪边去喝水。却不料，小羊就因为喝点儿水的小事带来一场杀身之祸。

原来，小羊到溪边喝水那会儿，一只饿狼正在这一带找食物充饥。它一见到小羊，就要猛扑过去，但转念一想，这样不好，要吃也要吃得像是有章可循的样子。它灵机一动，便找到了借口，于是厉声喝道：

“好啊，你这不要脸的小畜生！你竟敢用你的臭鼻子和脏嘴把泥沙搅上来，弄浑我喝的水！你这么胡来，我今天得把你的小脑瓜子给摘下来！”

“尊敬的狼大人，请容我禀报：我这是在离大人百步远的下游喝水呀，大人用不着发这大火，我绝不会搅浑大人的饮水的。”

“照你这么说，倒是我冤枉你！你这个贱货！我从长耳朵那天起还没见过这样倒打一耙的！唔，我想起来了，是前年夏天，也是在这条小溪边，你还骂我来着，小伙计，那时结下的疙瘩，如今我还没解开哩！”

“请饶恕我，我出生到现在满打满算还不到一个年头哩。”小羊说。

“不，是你哥哥。”

“我可并没有哥哥呀！”

“不是你嫡亲哥哥，就准是你的表哥，九九归一，总是你亲族中的一个。你们，你们的狗，还有你们的牧人，个个都对我心怀杀机，一有可能，就会叫我丧命。它们欠下的一笔笔血债，今儿个就要从你头上算清！”

“啊，我欠下你什么啦？”

“住嘴！我不听你说了。小崽子，这会儿我没工夫细数你欠下的账了！九九归一，你的过错就是我想吃你！”

说完，狼就一口把小羊拽进了阴沉沉的森林。

（韦苇译）

导读

《狼和小羊》是家喻户晓的一则寓言，被选入小学课本。伊索、拉·封丹都曾写过这则寓言，但克雷洛夫的这篇添加了新内容和新的寓意，成为一则情节充盈、形象丰满、主题鲜明的著名寓言故事。狼要吃小羊，又要寻找借口，在小羊一一辩解后，狼终于露出了狰狞的本质，吃了小羊。寓言讽刺了“弱者在强者面前总是有罪的”这一丑恶的社会现实，告诉人们对像狼那样的恶人，是没有道理可讲的。

【俄罗斯】列夫·托尔斯泰

鸭子和月亮

有一次，一只鸭子在河里游泳找鱼吃。一整天过去了，她连一条鱼也没有找到。

夜幕降临后，她看见月亮在水面上的反光，以为是一条鱼，就潜下水去捉。别的鸭子看见了，都取笑她。

从那天以后，鸭子变得羞愧、胆小，甚至看见水里有一条鱼也不敢去捉。没过多久，她就饿死了。

（吴冀风译）

导读

列夫·托尔斯泰（1828—1910），俄罗斯伟大作家。上溯外国儿童文学史，19 世纪以来语言艺术大师中为孩子们写过故事作品，或以孩子们的生活为题材写过作品的，并不鲜见。然而，苦心孤诣专为孩子创作的却为数甚少，而列夫·托尔斯泰便是这为数甚少者中的一个。他写故事、散文、童话和寓言，而童话、寓言又主要以采录改写为主。1872 年，他搜集来源于印度、欧洲各国和俄罗斯民间的寓言故事 89 则，编成《启蒙课本》，深受儿童喜爱。

《鸭子和月亮》讽刺了那种“一朝被蛇咬，三年怕井绳”的可笑行为。这只可怜的鸭子竟然让自己饿死，因为她错认了月亮，害怕别人嘲笑，直至因噎废食，看见小鱼也不敢去捉，因而更加可笑。从鸭子的悲剧里，人们应该得到启示：一是正确对待批评的态度；二是正视人言可畏这样一个社会现实。

【俄罗斯】列夫·托尔斯泰

狼和老妇

一只饿狼从林中出来寻找食物。村边的一座茅屋里，有个小孩儿在哭泣，狼听见一个老妇在对他说："你如果再哭，我就把你喂狼！"

狼听了便不再往前走了。

他坐下来等着老妇拿小孩儿来喂他。

黑夜来临，他仍在外面等着。突然他听见老妇又说：

"别哭啦，孩子，我不把你喂狼了。让那老狼来吧，我们一块儿杀死他！"

狼心想，这很显然，有的人嘴上说的是一回事，实际上干的又是另一回事。于是他站起身来，离开了村庄。

（吴冀风译）

导读

这则寓言故事中所写的老妇吓唬小孩子的事，恐怕每个人都经历过。人们常会做些无意义的恐吓，然而并没有真正要去实现的意图，只是吓唬吓唬而已。有意思的是狼的行为与心理活动，在它看来人是不守信用的，不能轻信人的话。在此前的同类故事中，大多是孩子因恐吓而不敢再哭了，但在这篇寓言里则有了新发展，由于取消了先前的恐吓，却达到了目的，使孩子不再哭泣了。老妇人的一吓一哄与狼在外面的反应相呼应，读来十分生动有趣。

【俄罗斯】列夫·托尔斯泰

住在谷仓底下的老鼠

从前有一只老鼠，住在谷仓底下。谷仓的地板上有一个小洞，谷子就从那儿漏下来。

老鼠过着美美的日子。他想向他的朋友们炫耀一番，就把小洞咬得很大，然后去邀请其他老鼠来做客。“到我家里来吧，”他对他们说，“我请你们来做客。大家都有得吃。”

客人们来了，他把他们领到洞边，却发现那个洞已经没有了。

原来，咬大的洞引起农夫的注意，他就把它堵死了。

（吴冀风译）

导读

“过着美美的日子”的老鼠突然心血来潮，它要向朋友们炫耀它的生活，也就是说它已不安心于那种安全而平凡的日子了。表现欲、虚荣心冲昏了它的头脑，忘记了这样做的危险性，结果不但事与愿违，反而连已经拥有的也完全失去了。这则寓言教训人们：不要炫耀你的所有，否则你很可能会一无所有。

【俄罗斯】列夫·托尔斯泰

猎鹰和公鸡

猎鹰熟悉了主人，听到召唤就飞过去，落在他的手腕上。可公鸡呢，一旦主人走近，就啼叫着跑开了。

“你们公鸡不知道感恩，”猎鹰说，“显然你们是被饲养的家禽，除非饿了，才向主人走去。不像我们野生的鸟类，我们力量强大，飞得比谁都快，可是我们见到人类并不逃避——我们听到召唤就自觉自愿地向他们飞去。我们不会忘记是他们喂养着我们。”

“你们并不逃避人类，”公鸡答道，“是因为你们从来没有见过烤鹰；而我们，却随时都会看到烤鸡。”

（吴冀风译）

导读

猎鹰和公鸡对待人类不同的态度，正是人类给它们的不同待遇的回应。在寓言里，人们总是习惯地将公鸡表现为骄傲而且自以为了不起，然而并不十分聪明的形象。可是在这则寓言里，列夫·托尔斯泰却让它显出了智慧和谨慎。事实教育了公鸡，必须小心提防饲养它的人类，因为一不小心，它就会变成烤鸡。

【俄罗斯】列夫·托尔斯泰

蚊子和狮子

一只蚊子飞到狮子的跟前说:“你认为你比我强,是不是?得啦,你完全错啦!你有什么力气啊?你用爪子抓,用牙齿咬,那是农妇和丈夫打架的本领。我比你强。来吧,让我们打一架!”

蚊子吹响了喇叭,开始叮咬狮子裸露的鼻子和脸颊。狮子伸出爪子,在自己的脸上又撕又抓,以致流出血来。他筋疲力尽了。

蚊子快活地又吹着喇叭飞走了。可是没一会儿,他就缠在一只蜘蛛网里了,蜘蛛开始吸他的血。

蚊子想,我打败了群兽之中最强的狮子,可是如今我却毁灭在一只丑陋的蜘蛛手里!

(吴冀风译)

导读

狂妄骄傲的蚊子至死也没有明白:任何一种力量都不是天下无敌的,它打败了群兽之王狮子,是以己之长克敌之短,而它得意忘形之时却投入蜘蛛之网,它在蜘蛛网里是无能为力的。每一个有生命的动物都有压倒他人的力量,也有抵抗他人的能力,否则,它便无法生存。然而,在一次力量的较量中获胜,并不能保证在下一次中仍然获胜。所谓“一物降一物”,就是这个道理。

【俄罗斯】列夫·托尔斯泰

负　担

两个农夫，一个聪明，一个愚蠢。他们在战后的城市废墟里寻找财物，发现一些烧焦的羊毛。

“这些羊毛拿回家可以派上用场。”他们说。于是，他们能拿得动多少，就背上多少，然后动身回家去。

路上，他们又看见有许多布匹。聪明的农夫便把羊毛扔掉，把自己扛得动的那么多布搭在肩上。愚蠢的农夫却说：“为啥把羊毛扔掉呢？既然已经捆得好好的，又扎得牢牢的。”他一点布也没拿。

再往前走，他们又看见一些被遗弃在街上的现成衣服。聪明的农夫又把布扔了，拾起衣服搭到肩上。愚蠢的农夫又说：“为啥要把羊毛扔掉呢？既然已经捆得好好的，又牢牢地绑在我背上了。”

他们继续往前走，看见扔在地上的一些银器。聪明的农夫又把衣服扔了，尽可能地把银器收拾好带走。但愚蠢的农夫还是不肯丢弃他的羊毛，因为已经把它捆得好好的，又扎得牢牢的。

又再往前走，他们看见路上有金子。聪明的农夫扔下银器，拾起金子。但愚蠢的农夫还说：“把羊毛拿下来有什么好处呢？毕竟它已经捆得好好的，又牢牢地绑在我背上了。”

他们还没有到家，半路上遭雨。羊毛被淋个透湿，愚蠢的农夫只好全部扔掉，就这么两手空空地回了家；聪明的农夫却得到金子而富裕起来。

（韦苇译）

导读

聪明人与愚蠢人的差别往往只需看他是否善于随机应变。寓言中两个农夫寻找到的财物依次是:烧焦的羊毛—布匹—衣服—银器—金子,而且后一种都比前一种更有价值,应该选择什么是不言而喻的。聪明人懂得随时随地调整自己的行为,他终于成了富翁;而愚蠢的人最后一无所有,是因为他一成不变的思想和懒惰的心理。强烈的命运对比说明了因时变化的重要性。

【俄罗斯】乌申斯基

两把犁

用同一块铁，在同一所作坊里，做了两把犁。一把落到农夫手里，立刻干起活儿来；另一把毫无用处地躺在商人的小铺子里，躺了很久。

过了一个时期，这两个老乡又相遇了。在农夫家里待过的犁银光闪闪，甚至比它刚离开作坊的时候更亮了；无所作为地在小铺子里躺了很久的犁却颜色发乌，生了锈。

“请你告诉我，你为什么这么亮？”生锈的犁问它的老相识。

“因为我劳动，我亲爱的，”那一把犁回答，“你生了锈，变得不如以前了，全因为这一阵子你躺在那儿什么也没干。”

（王汶译）

导读

乌申斯基全名为康斯坦丁·德米特里耶维奇·乌申斯基（1823—1870），19世纪世界著名的教育家，在世界儿童文学史上也占有一定地位。他于1864年出版的《祖国语文》是为乡村初小学生创作编写的一部独特的儿童百科全书，其中有一些著名的童话和寓言，如《两把犁》《两只小山羊》《北风和太阳》和《兔与刺猬》等，以生动、美妙的文笔赞美了种种优秀品德和良好习惯。

同是一块铁做成的两把犁，为什么有不同的结局呢？不是它们的先天资质不同，而是后天的锻炼有异。“因为我劳动”这句话道破问题的实质。只有“劳动”，这把犁才会“银光闪闪”，劳动创造了一切。如果更引申一步，那么人，乃至人的思维、知识，不断地在现实生活中磨炼就变得更加必要。因为人不劳动就会变懒，以至变成废物；思维不锻炼就会变迟钝，而知识不更新，永远难以适应客观现实的需要。“劳动创造了人类本身”“劳动创造了世界”，这是马克思主义学说的一个基本观点。乌申斯基虽然不是马克思主义者，但他凭着一个进步教育家朴素唯物主义的眼光，通过寓言揭示了这一真理。

【俄罗斯】乌申斯基

两只小山羊

两只固执的小山羊，有一天在小河上的一座窄窄的独木桥上相遇了。桥上容不下两只羊同时过河——其中一只必须退回去，给对方让路，等一会儿自己再过去。

“你给我让路。”一只小山羊说。

“给你让路！你算个什么！爱摆臭架子的大老爷，”另一只小山羊回答，“你退回去吧，是我先走上桥的。”

“不行啊，老弟，我的年岁比你大得多，要我给乳臭未干的小娃娃让路！我绝不干！”

于是两只小山羊不假思索地把结结实实的脑门儿撞到一起了，把犄角缠到一块儿了，把细细的小腿支在独木桥上，打起架来。但是，独木桥上很湿——两只固执的小山羊一滑就掉进水里去了。

（王汶译）

导读

两只固执的小山羊的结果让人们思考应该怎样处理好人与人之间的关系，尤其在相互的利益发生冲突的时候。俗话说得好：人敬我一尺，我敬人一丈。又说：与人方便，自己方便。在双方利益发生冲突时，如果都能首先为对方考虑，主动谦让，一切矛盾就会迎刃而解。反之，如果双方互不相让，互争高低，往往会害人害己，两败俱伤，“掉进水里”的小山羊就是例子。

【俄罗斯】苏霍姆林斯基

狐狸和老鼠

狐狸妈妈生了五只小狐狸。她太喜欢自己的孩子了。她每天都出去打猎,常带些味儿鲜美的食物回来:一会儿是小鸟,一会儿是小兔,一会儿是小老鼠,再不就是青蛙或蚂蚱。

有一天,狐狸妈妈发现离她住的洞不远处有一个老鼠洞。老鼠妈妈带着一窝小老鼠刚躲进洞里,狐狸就来到洞口了。狐狸蹲在洞口,说:

“老鼠,你总要出来的,总要出洞的,你不出来,你的孩子也总要出来的。一出来我就把你们给抓住。”

狐狸寸步不离地守候在老鼠洞口,一直等着。大老鼠和小老鼠早饿得受不了了,可狐狸还蹲着,一动不动。

老鼠妈妈想把狐狸吓跑。她在洞里对洞外说:

“狐狸,快跑!狼从森林里跑出来了。”

狐狸听了满不在乎,只是狡猾地笑笑。

老鼠又从洞里对洞外说:

“快跑,狐狸,猎人提着枪过来了。”

可狐狸还是一动不动。

这时,老鼠突然叫起来:

“狐狸妈妈,狼爬进狐狸洞抓你的小狐狸了!”

狐狸妈妈扭身就跑,去救她自己的孩子了。

(韦苇译)

导读

苏霍姆林斯基(1918—1970),苏联卓越的功勋教师、教育科学院通讯院士、著名教育家,同时又是一位杰出的幼儿文学作家。他的幼儿童话故事集《苹果和朝霞》一直深受孩子们的欢迎。《狐狸和老鼠》是其中一则童话体寓言,揭示了“母爱是神圣而伟大的”。狐狸妈妈为了喂好孩子而死守老鼠洞口,老鼠妈妈为了保护孩子而倍增对付狐狸的机智,结果是老鼠妈妈利用狐狸妈妈对孩子的爱心而保住了自己心爱的孩子。故事虽短小,却起伏跌宕,紧张有趣,真挚感人。世界上的母亲都一样地爱自己的孩子,这是天性,那孩子应该怎样呢?这就留给读者思考了。

【俄罗斯】米哈尔科夫

醉 兔

不记得豪猪是庆祝命名日，还是庆祝生日，反正，兔子应邀到豪猪家赴宴了。

前来参加酒宴的，不是乡邻就是好友。友邻相聚，自然得一醉方休，于是边讲边笑边喝，酒像河水似的淌进了大伙的嘴里。兔子喝得烂醉如泥，连身子都站不起来，更不必说开步走路回家了。

“维(回)家!”兔子含糊不清地说。

“你能找到家不?”豪猪关切地问道，“你还是歇一阵，睡一觉，等酒醒以后再走吧！你独自一个在树林里走会出事的。都说近来树林里有狮子出没!”

喝醉了酒的兔子，能听豪猪好心相劝吗?!

“狮子算什么东西!”他嚷嚷道，“咱能去怕他！看我吃了他！他来送死，我倒正要找他好好算算老账哩！我要扒他七层皮！让他没毛没皮地滚回他非洲老家去!”

他离开豪猪那闹哄哄的家，在树林间歪歪倒倒、跌跌撞撞地摸黑走着，边走边不停地嘟哝着：

“比狮子厉害的家伙，我都把他给撕得粉碎了……”

醉兔啰嗦不休，把一头狮子给吵醒了。兔子一看大事不妙，赶忙往密林里逃窜，可狮子抬抬爪，就一把将他抓住了。

“唔，是你这个啰嗦鬼，吵吵嚷嚷把我给闹醒的吧！我看你是那尿灌多了，站好!”

兔子一吓，顿时醉意全消，不过他立刻想出了脱身的好主意。他结结巴巴地说：

“是……是我，您……您……咱们……您听我说，您高抬贵手吧！我是在朋友家多喝了几杯，唔——唔，是多喝了点。不过，这都为您狮王祝福啊，祝您万寿无疆，还祝狮王后永远健康，并祝狮公子、狮公主洪福齐天！为了您一家我哪能不多喝几杯呀?!”

狮子一听兔子这番话，立刻松了爪子。这个爱吹牛的兔子就这样利用拍马屁从狮子爪下捡回了一条命。

（韦苇译）

导读

米哈尔科夫(1913—2009)，苏联的国际儿童文学活动家，自1970年起任全俄作家协会理事会主席，还是国际儿童文学委员会苏联分会的终身主席。他曾因诗歌、剧本创作和积极从事文学活动而多次获得国家级或国际组织的奖励。米哈尔科夫的成名作是1936年创作的《史焦帕叔叔》，因写了一个处处做好事的童话式人物而声名鹊起。他成名后，接受阿·托尔斯泰的劝告写寓言童话作品。《醉兔》便是其中有代表性的一篇。

《醉兔》通过喝醉了酒的兔子的精彩表现，讽刺了爱吹牛的兔子与爱听奉承话的狮子。

有意思的是，吹牛惹出了麻烦可以用拍马的方法来化险为夷，虽然这只兔子能够急中生智，但故事的寓意显然不在这里。作者将生活中的典型现象融入这则寓言，使之具有丰富的社会内涵，既反对吹牛，也反对拍马，因为这二者都是一种恶劣的品质。

【波兰】伊·克拉西基

听话的狗

一只狗叫了一整夜，因为怕有小偷。
它的主人患失眠症，把它打得脸青眼肿。
第二晚它就大睡其觉，小偷真的来了。
这只一声也不敢叫的狗又挨了主人一顿打。

（叶君健译）

导读

伊·克拉西基，波兰现代作家，生平不详。这则短小的诗体寓言，十分耐人寻味。没有小偷时，狗叫了一整夜；有小偷时，狗一声也没叫。表面看来这两次挨打的原因正好相反，但反映了同一个实质问题：叫得不合时宜，即该叫时不叫，不该叫时又叫。所以，不合时宜的事不要去做。

【匈牙利】安德里亚斯·费

毛毛虫

一条毛毛虫费尽力气爬到了一块里程碑的顶上。“上帝呀，真是一座高山！”他高兴而自满地说，“发现我能够爬这么高，全世界会多么惊讶！”

“是的，对于毛毛虫来说，这是一条漫长的路，”站在附近的一只狐狸说，“可是它仍然变不成一座高山！”说着轻轻一跳，就从里程碑和毛毛虫的上面跃了过去。

（吴冀风译）

导读

安德里亚斯·费（1786—1864），被称为“匈牙利的伊索”，尽管他学的是法律，在匈牙利伟大的变革时代，积极从事政治活动，甚至成为匈牙利议会反对派。他的文学影响主要来自1820年在维也纳出版的《寓言》。

《毛毛虫》告诉人们：评价事情的标准是相对的。对于毛毛虫这样的小动物来说，能够爬上一块里程碑，确实是一件让全世界都震惊的壮举。而对狐狸来说，却是举脚之劳，毫不费力。如果狐狸以自己的标准来要求毛毛虫，那显然是不合情理的，是强人所难。但狐狸的言行又让毛毛虫受到了教育，让它明白了世界还大得很，不应自满自足。

【瑞士】佩斯塔洛齐

树上的老熊

“你什么时候把我们带到蜜的国土去?”一群小熊问一只老熊。老熊回答说:“很快就去——不过你们先要看看我是一只什么样的熊。瞧那棵树,别的熊只能爬到树皮刮掉的地方,可是我却能爬上树梢。”

这么说着,他便爬上了那棵高大的杉树。爬到树皮刮掉的地方很容易,但是他再往上爬时,每爬一步,树就摇晃一阵儿。而老熊仍坚持向上爬,用擦伤的爪子紧紧抓住摇晃的树。这样,他越爬越慢,也越爬越高。这时,忽然刮起了强烈的风。熊把流血的爪子尽力抓进晃动着的树干,在风暴中他总算挺了过来,但是失去了所有的力气,甚至连从树上拔出爪子都不可能了。

最后,这老家伙觉得生命正在逐渐地离开他,他叫唤下面哀叫着的孩子:“我的最伟大的行为就是死。现在我不能带你们到蜜的国土去了,不过你们可以自己看看,去对全世界宣告,我是作为所有的熊的长者死在这棵树上的!”

(吴冀风译)

导读

佩斯塔洛齐(1746—1827),又译作“裴斯泰洛齐”,瑞士著名教育家、儿童文学家,著有《林哈德的葛笃德》等教育名著。他善用寓言作教育手段。佩斯塔洛齐的名字,自从被收容各国无家可归儿童的瑞士国际儿童村用作组织名称以来,就闻名于世了。

寓言中的老熊不去做它该做的事:将一群小熊带到蜜的国土去,

却偏要作毫无意义的比试，甚至在死亡来临时想到的仍然是向全世界证明它的勇敢与伟大。老熊的死终于让人们了解了它是“一只什么样的熊”：争强好胜，死不改悔。寓言告诫人们：要把精力放在正经事上，不要作无谓的牺牲。

【奥地利】埃申巴赫

树　叶

一片枯树叶随风飘去，它正好在空中同一只鸟并排飞着。

“瞧，”树叶沙沙沙地飞舞着，兴奋地朝鸟喊道，“我能像你一样地飞啦！”

“要是你真能飞的话，就请照我的样子做。”鸟说着，突然转过身子，展开强壮的翅膀，迎风飞去。

树叶马上晕头转向地旋转起来了，等到支持着它的风一停，它就落到一条清澈见底的小河里。现在，树叶又在浪花上航行了，它得意地对河里的鱼说：“瞧，我也能和你们一样游泳了。”

那些沉默寡言的鱼，根本没有理它。这里，树叶又趾高气扬，自以为了不起啦，它认为：“这些鱼都是规规矩矩的生物，它们不妒忌别人。”

树叶继续往下滑行，却没有注意到自己是怎样渐渐涨胖了，又是怎样全部腐烂了。

（吴冀风译）

导读

埃申巴赫(1830—1916)，奥地利女作家，其主要作品有《乡村与宫廷的故事》等。寓言中的树叶是一种比喻、一种象征，生活中就有这样可笑又可悲的人。一片已经丧失了生命力的枯叶借助风力才飞舞起来，它却得意洋洋起来，仿佛自己真有了飞行的能力；当风停息而它跌入小河后，又以为自己有了游水的本领。自我感觉特好的树叶，不自量力地要与鸟儿比飞翔，又自以为是地把鱼的沉默看作默认。然而，树叶就是树叶，不管承认不承认，它在水里浸泡后便会全部腐烂。树叶的可悲下场告诉人们，大凡并无实际本领而又自我吹嘘者，总是一事无成，白白地丧失掉自己的一切价值。

【美国】瑟伯

狼外婆新编

一天下午，一条大灰狼在一片黑黝黝的树林里等着，他知道准会有个小女孩，挎着一个篮子路过这里，而且篮子里还装满了食物。他还知道这个小女孩是去看望外婆的。

不一会儿，小女孩果真来了，还真的挎着一个篮子。“这一篮子好吃的是带给你外婆的吧？”大灰狼问道。“你说得不错。”小女孩回答。“你外婆住在哪儿啊？”狼又问。小女孩告诉了他，于是狼很快消失在树林中了。

小女孩刚一推开外婆的房门就看见一个穿着睡袍、戴着睡帽的人正躺在床上。她走到离床六七步远的地方就站住了。她一下就认出躺在床上的根本不是外婆，而是那条大灰狼。因为即使戴着睡帽，狼也绝不会像外婆的。这就好比市政厅前的金色狮子绝不像库利奇总统一样。于是小女孩迅速从篮子里掏出一支自动手枪，一枪就把狼打死了。

（温红宇译）

导读

瑟伯（1894—1961），美国著名寓言作家、漫画家。1940年出版的《当代寓言集》，批评了人类的弱点，洞察入微，毫不留情。1956年出版的《当代寓言续集》，用古老的动物故事表达了现代人生哲学。其寓言意蕴深厚，文笔简洁优美，风格幽默，被认为是运用英语创作现代寓言的典范。

《狼外婆新编》是其寓言名篇之一。《狼外婆》这个故事可谓在世界范围内家喻户晓，它最早可能出自法国民间故事《小红帽》，但“兽外婆型”故事的记载也可能最早见于我国清代黄之隽的《虎媪传》。而瑟伯改写了这类故事的结局，从而在寓意上有了更新。虽然小姑娘和大灰狼所代表的观念：善与恶、美与丑、真与假——没有变，然而整个故事的立足点却变了，故事的寓意也随之改变。寓言中的小姑娘虽小，大灰狼虽大，但二者在智慧和力量的对比上却恰恰是以小胜大、以弱胜强。这一点，与传统故事中的小姑娘被狼吃掉或小姑娘被外界力量所救都不同。如果说，传统故事意在警告善良诚实的人们要提防披着人皮的狼的话，那么这则寓言则从正面肯定了真善美必将战胜假恶丑，警告了那些“狼”们：现在，想要欺骗一个小姑娘也不像从前那么容易了，从而使原先的传统寓言成为与众不同的具有新意的现代寓言。

【美国】瑟伯

要当兽王的老虎

一天早上，老虎在丛林中一觉醒来，便对他的妻子说他是百兽之王。

“狮大王才是百兽之王嘛。”妻子说。

“我们需要变一变了，”老虎说道，“所有的野兽都在吵嚷着要变一变了。”

母老虎侧着耳朵听了听，除了她的小虎的声音，并没有别的吵嚷声音。

“月亮一上来，我就要成为百兽之王了，”老虎说，“为了庆贺我当大王，月亮都得要变成黄色的，上面再加上黑色条纹。”

“那是准定不会错的啦。”母老虎一边说，一边照看她的小虎。小虎中有一只雄的，非常像他的父亲，自认为爪子里扎了一根刺，其实并没有。

这只老虎在丛林中巡游，最后来到狮大王的洞口。

“快出来，”他咆哮起来，“恭迎百兽之王！老王已经死了，新王万岁！”

洞里的母狮子把丈夫叫醒了。“大王到这儿来看您了。”她说。

“什么大王？”狮子睡眼惺忪地问。

“百兽之王哪。”她说。

“我才是百兽之王！”狮大王怒吼，为了保住他的王冠，他对准篡位者冲出洞来。

这真是一场恶战，一直打到日落西山。丛林中所有的动物都卷入了，有的站在老虎一边，有的则站在狮子一边。从食蚁兽到斑马都参加了这场战斗，或推翻狮子，或抑制老虎。有的则不知道究竟为什么而战，有的则两边都帮，有的则谁离自己最近就和谁打，有的则为打而打。

“我们究竟为什么而战？”有一只动物问食蚁兽。

“为了旧秩序。”食蚁兽说。

“我们究竟为什么而死？”又有一只动物问斑马。

“为了新秩序。”斑马说。

月亮上来了，扁扁的，像正在发烧。月光下的丛林中万籁俱寂，只有一只金刚鹦鹉和一只白鹦鹉吓得尖叫。除了这只老虎，所有的野兽都死了，而这只老虎也活不了几天了，他的时间也在一秒一秒地消逝着。他此刻面对着他所睥睨的一切，但这究竟还有什么意义呢？

（董斯美译）

导读

关于这则寓言的寓意，瑟伯曾作了这样的说明：“要是野兽都已经不存在了，您怎么还能当百兽之王呢？”权位之争由来已久，不论是动物世界，还是作为万物之灵的人类。狮虎之争带来了动物世界的毁灭，那么人类社会的情形又会怎样呢？作者借此喻彼，谴责了战争的罪恶，提醒人们警惕那些私欲膨胀的争权夺利者，因为他们会给人类带来毁灭性的灾难。

【美国】劳伯尔

犀牛夫人和她的服装

犀牛夫人看到一家商店的橱窗里挂着一件衣服,那衣服的图案有圆点又有花朵,还镶着丝条花边。她便进了商店。

“橱窗里那件衣服,”犀牛夫人对店员说,“我试穿下行吗?”

犀牛夫人穿上衣服,在镜子面前照照说:“我穿上这件衣服并不见得妩媚。”

“夫人,”店员说,“你完全错了! 你穿着这件衣服,浑身充满了魅力,迷人极啦!”

“要真是那样就好了。”犀牛夫人说。

“噢,夫人,”店员说,“你穿上这件衣服,谁看了都会羡慕甚至嫉妒的!”

“真的吗?”犀牛夫人问。她在镜子面前转了好几圈,前前后后地仔细鉴赏着。

“没错儿,”店员说,“谁骗你呢?”

“那好,”犀牛夫人说,“我买了,现在就穿!”

犀牛夫人走到大街上的时候看到人们抿着嘴向她笑,甚至哈哈地笑。

“羡慕!”犀牛夫人想。

她又看到人们对她摇头皱眉。

“嫉妒!”犀牛夫人想。

她在大街上走着。谁见了都停下脚步诧异地看着她。犀牛夫人感到自己每走一步都充满了魅力。

(楼飞甫译)

导读

劳伯尔是美国当代著名儿童文学作家兼儿童画家，美国纽伯里儿童文学奖获得者。他的儿童文学创作以童话和寓言为主，已出版60多部，其中最著名的有寓言集《寓言》和童话集《青蛙和蟾蜍》。

犀牛夫人对橱窗里的那件衣服在试穿后有自己的评价，但她禁不住店员的夸奖和奉承，不仅不相信自己的感觉，而且将别人的“摇头皱眉”与“止足诧异”，都理解为“羡慕”和“嫉妒”，演出了一场讽刺喜剧。这则寓言告诉人们：阿谀奉承比什么都难以对付，因为它正是利用了人们爱听好话的性格弱点，希望人们能引以为戒。

【美国】劳伯尔

一只少年雄鸡

一只少年雄鸡守候在奄奄一息的父亲身旁。

“孩子，我已经不行了，”老雄鸡说，“从今以后，每天早晨呼唤太阳的职责，要由你来承担了。”

少年雄鸡点点头，伤心地注视着慢慢闭上了眼睛的父亲。

第二天一早，少年雄鸡飞上谷仓的屋顶，他脸朝东方，高高地挺立着。

“我必须设法发出最大的啼叫声。”他昂起来头，放开喉咙啼叫。但是，他发出来的却是一种缺乏力量的、时断时续的嘎嘎声。

这天太阳没有升起，乌云布满了天空，湿淋淋的毛毛细雨下个不停。饲养场上的所有动物都气坏了，跑来责怪少年雄鸡。

“真是倒霉透了！”猪叫道。

“我们需要阳光！”羊也叫起来。

“雄鸡，你必须啼叫得更响一些！”公牛说，“太阳离我们有1.5亿公里远，你的叫声那么细小，它能听得见吗?”

过了一天，少年雄鸡又一早就飞上谷仓的屋顶。他脸朝东方，深深地吸了一口气，接着伸长脖子，放开喉咙大声啼叫。他这次发出的啼鸣声非常洪亮，在雄鸡啼鸣史上是空前的。

饲养场上那些沉浸在睡梦中的动物都被惊醒了。

“吵死人了！”猪说。

“耳朵都要震破了！”羊叫道。

“头都要听炸了！”公牛抱怨说。

“对不起，”少年雄鸡说，“但是我是在尽自己的职责。”

他心里充满了自豪感，他看见了，在那遥远的东方一轮红日正从丛林后面冉冉升起。

（楼飞甫译）

导读

这则寓言给人的启示是多方面的。从少年雄鸡来看，它忠于职守，不怕失败，终于承担起重任。从周围动物对少年雄鸡的反应看，它们对他人缺乏理解，喜欢评头论足，对失败者不给鼓励，对成功者又横加指责。这些都让人联想到，要做好一件事情是多么不容易，除了自己的努力，还必须能够承受周围舆论的压力。